SCOLA DELLA PATIENZA

VOL. II

Geremia Dressellio

© 2023 Culturea Editions

Texte et illustration de couverture : © domaine public
Edition : Culturea (Hérault, 34)
Contact : infos@culturea.fr
Retrouvez notre catalogue sur http://culturea.fr
Imprimé en Allemagne par Books on Demand
Design typographique : Derek Murphy
Layout : Reedsy (https://reedsy.com/)

Dépôt légal : janvier 2023
Tous droits réservés pour tous pays

ISBN : 9791041841523

PARTE SECONDA

3

CAPITOLO I
Come l'afflizzione insegna la fortezza e la fedeltà

Habbiamo detto quali sorti di pene s'usino nella Scuola della Pazienza, cioè habbiamo dichiarato con che sorti di afflizzioni sia solito Iddio castigare gli huomini in questo mondo. E così habbiamo raccontato tutte le sorti di afflizzioni o travagli che ci sono venuti in mente. Adesso mò habbiamo da vedere che dottrine dobbiamo cavare da questi libri, di queste penalità e che profitto e giovamento ci apportino le afflizzioni; che virtù particolarmente s'hanno da imparare nelle avversità: poichè a dire il vero dai mali siamo fatti più saggi. Le prosperità levano il cervello. Le prime virtù che tra l'altro ci si fanno innanzi, da servircene nelle avversità, sono la Fortezza e la Fedeltà. Ma in che modo queste due virtù s'imparino molto meglio nelle scomodità e nelle asprezze che nelle cose prospere e allegre hora lo esplicaremo.

§.1. Dell'educazione del figlio

E' molto diverso il modo che tiene in allevare i figliuoli un Padre serio e prudente da quello che suol tenere una tenera e pietosa Madre. Il Padre suole usare queste o simili parole col figliuolo: alla scuola figliuolo, su alla scuola. E quando dalla scuola ritorna a casa, di nuovo il Padre gli è addosso dicendogli: vien quà figlio, ripetimi un poco la lezione che hai sentito, recita quello che hai imparato, scrivi un poco che, di qua a un poco voglio fare prova di quello che tu hai imparato. Quando poi il figliuolo viene citato dal Padre ad esaminarsi e comincia a impuntare, risponde male, non sa le regole della Grammatica e tacendo mostra la sua ignoranza: allora il padre o gli dà degli schiaffi o lo castiga con la serla o lo riprende agramente con parole oppure quando è tempo di giocare e ricrearsi un poco, lo fa andare in camera, come in prigione a studiare, dicendogli con aspre parole: va a studiare, pigro, dapoco, studia negligente, attendi bene al fatto tuo e lascia le baie. E quando questo stesso figliuolo è un poco più cresciuto e ha cominciato ad imparare il Padre lo stacca dalla Madre e lo manda a studiare fuori in paesi forestieri e molto lontani. E tutte queste cose si fanno per il bene dell'istesso figliuolo. Ma la Madre troppo tenera e amorosa, quando vede molli di lacrime gli occhiucci del suo figliolino, rivolta al marito, così gli dice: per qual cagione, marito mio, vogliamo che i nostri figliuoli stiano piu tosto malenconici che allegri? Sono ancor tenerelli, perchè così crudelmente li castighiamo? Spesse volte coi castighi diventano peggiori. Così dice la Madre. E non solamente con queste carezze snerva la maschia virtù dei figliuoli, ma la corrompe ancora con regalargli fuor di tempo con mille bagatelle, dando loro mille golosità e mille appetitelli, guastando la loro buona indole hora con paste reali hora con confetture, hora con biscottelli e mostacciuoli, hora con focacce e mille altre simili ghiottonerie che lor porge di nascosto. E così mentre tanto li liscia e fa loro tante carezze, affatto li rovina. Chi sarà dunque quell'huomo prudente che non voglia piuttosto essere allevato dalla discreta severità del Padre, ch'esser con carezze soverchie mandato in rovina dalla Madre? Seneca trattando elegantissimamente di questa istessa materia così dice: (Non vedi tu (dice egli) quanto diversamente amino i padri da quello che fanno le madri? Quelli danno ordine che i figliuoli siano per tempo svegliati e si levino di buon'hoara a studiare; ne manco i giorni di vacanza vogliono che stiano oziosi facendoli molto bene sudare e alle volte ancora lacrimare. Ma le Madri non sanno far altro che tenerli in braccio o farli stare all'ombra, non li vorrebbero mai vedere piangere, ne star malenconici, ne travagliare. Iddio ha un amore paterno verso gli huomini da bene e li ama con un amore forte e vuole che siano travagliati con fatiche, con dolori e danni, acciocchè anch'essi diventino veramente forti. Non sopporta colpo alcuno quella felicità che mai fu tocca. Tu ti meravigli se Iddio, che tanto ama gli huomini da bene e li vuole i migliori e più eccellenti che si possano trovare, assegna loro quella fortuna con la quale possano essere molto bene esercitati. Egli vuole piuttosto che stiano male che delicatamente. E noi ancora ci pigliamo alle volte piacere, se un giovane valoroso uccise con lo spiedo una fiera che gli venia incontro o pure sostenne intrepido l'assalto di un Leone e tanto più grato è questo spettacolo quanto è più honorato chi lo fece. Ecco uno spettacolo degno veramente di essere rimirato da Dio che sta sempre con gli occhi aperti sopra le sue creature. Ecco una coppia degna di Dio, un huomo forte con la calamità congiunto.) Nè meno io so vedere Seneca mio che cosa habbia più bella Iddio in questo mondo, che vedere un Tobia o un Giob, che fra le morti di tanti figliuoli, fra tante e si gran rovine di tutta la robba, sia nondimeno forte e costante. Quando Christo chiamò Saulo da quella nuvola, fra le altre gli disse queste parole: (Levati su e sta sopra i tuoi piedi). E fu come se gli havesse detto: perciò io ti feci cadere acciocchè da quella caduta tu ti levassi più forte.

§.2. Della Pazienza

E però quando tu vedi un huomo da bene e accetto a Dio travagliare, sudare e stentare, e i tristi darsi buon tempo e pigliarsi spasso e piacere, pensa che i figliuoli si tengono più stretti e con più riservo e si allevano con più cura e più modestia che non si fa con i servi e schiavi di casa che si lasciano andare, quanto s'aspetta all'educazione, come lor meglio pare e piace. Questo è il costume di Dio, gli huomini più santi e da lui più favoriti non li tiene altrimenti in delizie e piaceri, ma li prova, gl'indura e per sè li apparecchia. E si come tanti fiumi e tanti torrenti con tutta l'acqua, che ricevono dalle pioggie, nevi e tanto gran numero di fonti, e se la portano seco non sono sufficienti a far mutare sapore al mare. Così l'impeto di qualsivoglia avversità non è bastante a poter turbare e metter sotto sopra l'animo di un huomo forte. Stà egli sempre saldo nel proprio stato e tutto ciò che gli avviene tira al suo colore e essendo egli buono ogni cosa tira in bene, sopportanto e interpretando in bene tutte le cose. E sì come il vino rosso mescolandovi qualche poco di vin bianco gli comunica il suo colore, così un huomo da bene tutto quello che gli accade lo converte in bene e col sopportare pazientemente si rende utile ogni afflizzione. Perciocchè egli è più forte e più potente di tutte le cose esterne. Nè dico ch'egli non le senta, ma che le vince e che standosene sempre placido e quieto incontra animosamente tutte le cose avverse che gli vengono. E tiene tutte le avversità o per esercizi o per tante medicine. E quelli se l'animo è sano gli servono per conservare e accrescere la sanità, e queste, se fosse per sorte infermo, o tutto immerso nelle delizie e nei piaceri gli servono per recuperarla. Come appunto suole accadere nella cura dei corpi, quando ci tagliano qualche membro o ci danno il fuoco, poichè ciò non si fa altro se non per ricuperare le forze e la sanità perduta. Vi è una sorte d'albero che si chiama Larice, questo albero è dei più alti che si trovino, non gli cadono mai le foglie, è incorruttibile, dura sempre senza mai marcire, tarlarsi, non arde, ne fa carbone e a guisa di pietra per niuna forza si consuma. Han trovato che questo legno per le pitture è immortale come quello che non si spacca, non si tarla e sempre dura. Celio Rodigino dice d'haver veduto una Torre fatta di Larice, la quale Giulio Cesare non potè gettare a terra col fuoco. A questo albero si può benissimo assomigliare un huomo paziente e che con animo forte sopporta ogni cosa. Arde egli talvolta in mezzo alle fiamme delle calamità e delle miserie ma non se gli brugia pure una minima foglia, non gli scappando di bocca ne anche una minima parolina che sappia d'impazienza. Tale ottimamente fu Giob il quale come un legno che non teme il fuoco: (In tuttte le cose che patì non peccò mai con la sua bocca). Cioè non disse mai parola che sapesse d'impazienza. Eccovi un Rubo nel mezzo delle fiamme illeso. Eccovi una Torre fatta di Larice tanto forte e insuperabile che tutta la forza dell'inferno non basterebbe per gettarla in terra. E questo è quello che si impara nella Scuola della Pazienza, di sopportare con animo quieto tutte quelle cose non sono male se non a chi malamente le sopporta. Sentendosi Rebecca moglie d'Israel, contrastare nel ventre due gemelli, se ne andò a consigliare con il Signore. Le fu risposto: (Tu hai nel ventre due sorti di gente, il maggiore servirà al minore). Qui S. Agostino fa una gran questione e va cercando in che modo si adempisse. Poichè si sapeva benissimo che il maggiore non solo non havea mai servito al minore ma che di più l'havea voluto uccidere. Poichè Esau haveva fatto questa risoluzione: (Verrà una volta il giorno che morirà mio padre e io ammazzerò Giacob mio fratello). Hor in che modo gli servì havendo cercato di ammazzarlo? Al che risponde ottimamente S. Agostino: (Gli servirà ma non con l'ossequiarlo ma si bene col perseguitarlo in quel modo appunto che gli huomini tristi sogliono servire ai buoni). Et in quel modo che la lima serve al ferro, il martello all'oro, la mola al frumento e al pane il forno. Giacob poi figlio di Isac non sarebbe mai diventato quell'huomo ch'ei diventò se non fosse stato travagliato da suo fratello. Egli stava benissimo in casa di suo padre, era ben trattato, la madre gli voleva gran bene e in somma faceva tutto quello che voleva. Ma quando il fratello lo cominciò a perseguitare e si lasciò intendere che lo voleva uccidere, fuggendosene in Mesopotamia da Laban suo zio, fece per più di venti anni l'arte di Pastore. Hor qui Giacob sentì molto di non esser a casa sua, poichè essendo malissimamente trattato, imparò a sopportare la fame, la sete, a tollerare il caldo e il gelo, a superare il sonno e tutta la notte starsene al sereno. Quivi egli si fece un corpo e un animo di ferro e diventò un huomo pazientissimo delle fatiche, della penuria, e dei travagli. E di tutte queste cose ne fu causa la malignità e l'invidia del fratello. E tutto questo che giovamento e che utile apportò a Giacob? Molto e più di quello che si possa dire ne pensare. Perchè fuggì la morte che gl'era preparata, cacciò da sè l'ozio cagionatogli dalle carezze di sua madre, s'avezzò alle fatiche e alle scomodità, s'acquistò per sè forze e ricchezze, si pigliò due mogli, Lia e Rachele, dalle quali nacquero poi i dodici Patriarchi e Christo ancora ne trasse poi l'origine sua. Et ecco come il maggiore servì al minore non con gli ossequi ma con le persecuzioni. Questo è l'unico modo di imparare la Fortezza, a questo modo diventiamo forti. E' molto ben noto ciò che disse quell'huomo fortissimo: (Quando io mi infermo, allora divento forte).

§.3. Della Fortezza

La virtù considera il fine al quale ella si incammina e non pensa alle cose che havrà da patire. Perchè quello che ancora che haverà da patire è parte della sua gloria. Iddio provvede ai suoi i quali desidera che siano modestissimi ogni volta che dà loro materia di far qualche forte e valorosa impresa per la qual cosa ci è sempre di bisogno di qualche difficoltà. Da che cosa io posso sapere quanto tu sia animato contro la povertà se abbondi di ricchezze? Donde posso io sapere quanta sia la tua costanza nell'ignominie e nelle infamie se tu invecchi fra gli applausi? Se da tutti sei carezzato e favorito? Donde posso io sapere che tu sei ubbidiente se non ti si comanda cosa se non molto leggiera? Donde caverò io che tu sei humile e dimesso se tu non sei mai ingiuriato ne calunniato? Per qual capo posso io lodarti veramente per paziente se tu non hai mai travaglio alcuno? Il travaglio e le calamità sono occasione della Virtù. Quelli si possono chiamare con molta ragione miseri e infelici che nella troppa felicità si marciscono, che come in un placido e tranquillo mare sono da una soverchia bonaccia e da una tediosa calma trattenuti. Tutto quello che loro accadrà darà loro pena e gran tormento. Poichè le molestie travagliano più quelli che non vi sono usati e sempre fu grave il giogo a una tenera cervice. Et un nuovo soldato si impallidisce anche al sospettar delle ferite, dove un veterano piglia animo in vedersi uscire il sangue, sapendo che dopo il sangue e le ferite ha molte volte ottenuto la vittoria. (Considera (dice Seneca) i popoli della Germania e tutti quelli che habitano i paesi intorno all'Istro. Quelli hanno un perpetuo inverno e un'aria sempre malinconica. La terra sterile malamente li sostenta, si difendono dalle pioggie sotto case di paglia, o di rami e foglie d'alberi e per mangiare vanno cacciando fiere). Hora costoro ti paiono forse miseri? Niente è misero di quello che la consuetudine mutò in natura. Perchè ti maravigli che gli huomini da bene siano travagliati? Perchè diventino più forti. Non è sodo ne forte quell'albero se non è spesso dai venti battuto; poichè con la stessa agitazione più si conferma e getta più forti e più profonde le radici. E fragili sono quelli che in aprica valle crebbero. Dice S.Gregorio: (Così vediamo che i seminati coperti prima di neve più felicemente germogliano; così si soffia nel fuoco perchè cresca). Che male fa all'oro e all'argento il martello? Certo non si batte altrimenti la moneta; ne di quelli si può fare un vaso se il metallo da spessi colpi non viene battuto. Getta pur via quell'oro e quell'argento che non sostiene più i colpi del martello. A questo modo senta ciascuno di se stesso. Pare talvolta a noi stessi d'esser virtuosi e vogliamo esser chiamati pazienti; ma ci converrà molto bene quello che a tutti disse Pitagora: (Se bene tu sei argento, non si farà però di te neanche un minimo denarello di buona moneta essendo tu tanto impaziente). Così si può dire con ragione a molti. Benchè tu sia tutto d'argento e d'oro, benchè tu stia tutto il giorno ginocchioni, tenga le mani alzate al cielo e faccia orazione a Dio, nondimeno (perdonimi il tuo genio) non vali un dinaro. E per qual cagione di grazia? Perchè non stai saldo alli martelli, e perciò come un peso inutile bisogna tenerti chiuso in casa. Poichè non così presto sei toccato da un martelletto, non così ti vien detta una parolina un poco brusca, che subito ti scappa la pazienza. O argento o oro, ma basso, di mala lega e falso, perchè non sta alla prova del martello, fatto solamente per stare ozioso e mettersi per mostra alla bottega. Gugliemo Peraldo vescovo di Lione va graziosamente discorrendo in che modo si possano rompere i denti al Demonio. I denti del Demonio sono i calunniatori, i maldicenti, e quelli che ci travagliano ai quali disse Isaia: (Perchè travagliate il mio popolo, dice il Signore Iddio degli eserciti, e perchè andate mortificando la faccia dei poverelli?). Con questi denti morde il Demonio gli huomini da bene ma in che modo s'hanno a rompere questi denti? Con la Pazienza. E' più volte accaduto che la segnalata pazienza di un solo christiano ha convertito a Christo molte migliaia d'idolatri. Ponzio Pilato Presidente della Giudea, maravigliandosi della maravigliosa pazienza di Christo, non senza ragione venne in sospetto che quell'huomo sapeva più che d'huomo e ch'era di gran sangue. Occorre ogni giorno che un ciarlone, che non sa fare altro che ingiuriare, e dir mille villanie, osservando la taciturna pazienza di un altro, ancor egli si componga a poco a poco alla modestia, dove non basterebbero quante ingiurie sono al mondo per farlo stare quieto e disarmarlo. Ma questa Fortezza christiana non s'impara nella Scuola di ballare, ma nella Scuola della Pazienza. L'afflizzione è la maestra, è quella che insegna la Fortezza.

§.4. Della Fedeltà

Nella Scuola della Pazienza non solamente si insegna la Fortezza ma la Fedeltà ancora, virtù così lodata nella Sacra Scrittura. Sono a tutti note quelle parole del Signore: (Su servo mio buono e fedele). I discepoli di Christo fecero molti errori e spesso ancora ne furono ripresi. Nondimeno quando Christo nell'ultima cena da loro si licenziava lodandoli tutti assai, disse loro: (Voi siete quelli che non mi havete abbandonato mai nei miei travagli. Ed ecco che io vò ad apparecchiarvi un Regno, così come il mio Padre l'apparecchiò per me). Come se havesse lor voluto dire: io vi perdono, Apostoli miei, i vostri errori e non si parli più delle cose passate. Io procuro più tosto di rimunerare più che sia possibile la vostra fedeltà che meco havete usata. Poichè quasi solamente a voi non ha dispiaciuto la povertà e l'humiltà mia: io vi riconosco non pure per servi ma per fedelessimi amici: (Perciò io me ne vò a prepararmi il Regno, acciocchè voi siate miei continui commensali nel Regno). Qui saltò il cuor nel petto agli Apostoli per l'allegrezza e chi di loro haveria potuto immaginarsi altro che questo. O Dio volesse che già ci godessimo insieme in questo Regno. O piacesse a Dio che hormai c'assentassimo insieme a mangiare e a bere in questa tavola? Ma Christo amorevolmente ammaestrandoli e avvisandoli che queste sicure allegrezze non s'hanno da pigliare importunamente avanti tempo, soggiunse loro: (Ecco che il Demonio ha fatto istanza di crivellarvi ben prima come il frumento). Vi restano da fare alcune prove molto difficili di voi altri, Discepoli miei. Voi siete a punto come le campane che havete da far sentire il vostro suono per tutto il mondo, ma queste campane s'hanno prima da provare. E si incomincerà in questa notte. Perchè si come il fonditore quando ha finito di lavorare una campana non la mette subito su la torre, ma la prova prima molto bene col martello per vedere se suona bene e se ha bella voce e se vi è qualche fessura: così coloro che vogliono essere dei miei s'hanno da provare in molti modi, se hanno soda pazienza, se stan forti e costanti nelle avversità e se nei tempi travagliati e duri sian fedeli. Poichè a questo paragone si prova l'oro della fedeltà. Disse benissimo Seneca: (Niuno imparò a sapere quello che egli possa se non con farne prova). Niuno saprà mai quanto tu sei paziente, ne anche tu stesso, se non hai molte contrarietà che ti travaglino. Languisce la Virtù se non ha chi la contraddica. Allora si vede che animo tu habbi, quanto possa e quanto [valga] vaglia , quando la pazienza il mostra. E però con ogni verità disse S.Gregorio: (Niuno conosce il profitto che ha fatto se non fra le cose avverse). La virtù dell'incenso si sente quando è posto sui carboni accesi. Le [spezie] spetiarie all'hora si fanno sentire quando sono pestate nel mortaro, e l'odor dei profumi tanto più si sente quanto più questi si maneggiano. L'Unguento della Maddalena riempì col suo odore tutta la casa quando si sparse sopra il capo di Christo. A questo modo si conosce il marinaro nella tempesta, il soldato nella guerra, e il lottatore nell'arena. A questo alludendo S.Girolamo dice così: (E' proprio della cristiana milizia il dilatarsi felicemente con l'infelicità, crescere coi travagli e crescendo superarli. La vita cristiana è travagliata da spesse procelle e da spessi travagli tentati, e delli innumerabili suoi stenti si rallegra e con quelli va sempre crescendo). A questo modo la vera fedeltà non si scorge altrimente nella bocca degli huomini pigri e dapochi, ma si bene, nelle opere dei fortissimi heroi. Perchè altra cosa è promettere fedeltà e altra cosa è l'esser fedele. Christo per allettare i suoi a dimadar l'accrescimento della fede, disse loro: (Se haverete fede quanto un grano di senape). Che tanta gran fede, di grazia, è quella ch'è quanto un picciolo granello di senape? La senape, come sappiamo, ha un seme molto minuto e vile, e per la sua picciolezza a pena si vede, ma pestato nel mortaio o con la bocca masticato, qui mette fuori la sua acrimonia e l'odor suo. E chi crederia già mai che in un granello così picciolo stasse rinchiuso sì gran fuoco? Una tale fedeltà verso di sè richiede Christo da noi, che all'hora più che mai mostriamo l'amor che gli portiamo e facciamo sentire l'odore della pazienza nostra, quando siamo dalle calamità ben pesti e triti. Poichè come dice S.Gregorio: (Il bene che si acquista nella prosperità, si mostra nella tribolazione).

§.5. Del Fine

Lodando la Sacra Scrittura, un Capitano generale della gente Hebrea così dice: (Tutti i Re s'unirono insieme per combattere contro Giosuè). Questo valorosissimo capitano procurava dimostrare con chiarissimi esempi la fedeltà ch'egli haveva giurato a Dio, e a questo modo sfidava i suoi nemici. Uscite pur fuori nemici di Dio, poichè ne a me ne ai miei soldati tremano le gambe quando habbiamo da combattere contro di voi e sebbene siete in numero altrettanti più di noi, non però habbiamo di voi paura. Venite pure numerossisimi eserciti, che senza alcun timore vi aspettiamo, poichè Iddio è dalla nostra e tutto per noi combatte il cielo. Così a punto sfida l'inimico la Christiana generosità. Venitevene pure quante volete, afflizzioni, vengano con voi squadroni d'innumerabili calamità e miserie, la fame, la sete, la povertà, l'infermità, i pianti, le ingiurie, le calunnie e tutte le sorti dei travagli; perchè nè del numero ne delle forze vostre ci spaventiamo. Ancorchè ci vediamo all'incontro squadroni intieri non per questo temerà il nostro cuore. Non rompiamo la fede che habbiamo data a Dio, siamo apparecchiati a patir piu tosto ogni cosa, e dare ancor ben mille volte la vita, che non mantenere a Dio la fede giurata. Ciascuno, che è devoto e fedele a Dio, così sente nell'animo suo. Ancorchè si muova contra di me l'inferno, benchè mi caschi addosso il cielo, benchè tutte le calamità me solo assaltino, io però con l'aiuto di Dio sarò sempre fedele, essendo apparecchiato ad esser per amor di Dio brugiato, legato, tagliato in pezzi e all'ultimo ammazzato. Perciochè (come dice l'Apostolo): (Se moriamo per Lui vivremo ancor con esso, se havremo pazienza regneremo ancora insieme, e se il negheremo egli ancora negherà noi). E dobbiamo molto ben sapere o cristiani che non basta haver havuto il battesimo, non basta lo stare alla messa, digiunare, far orazione, e dar la limosina; ma bisogna ancora che Iddio ci trovi sempre fedeli e degni di sè, si come Egli trovò fedeli e degni di sè in tutte le avversità un Abramo, un Giuseppe, e un Giob. Poichè come dice l'historia dei Macabei: (Giuseppe nel tempo della sua tribolazione fu fedele e osservò la legge). Noi altri, benchè siamo tutti d'oro e d'argento, se però siamo impazienti e non stiamo saldi ai colpi del martello, non vagliamo un picciolo. E si come nel corpo humano, quando una vien meno, o l'assalta qualche subito timore, tutto il sangue se ne corre al cuore per darli aiuto, così in tutte le afflizzioni e angustie, ogni sorte di virtù si ritiri nell'huomo da bene e gli faccia animo in questo modo: se hora che Dio ti vuol provare, tu manchi del debito tuo, dimmi di grazia, dov'è la tua fede? Dov'è il tuo amore? Dove l'ubbidienza, dove la speranza, dove la pazienza? Dove è la fortezza e la tua fedeltà? E' forse questo il desiderio che hai di patire? E' questo il proposito che hai di perseverare? Ricordati del giuramento che come soldato hai fatto; ricordati della fede che hai data a Dio e mostrati fedele fino al fine. Tu hai una fedelissima sicurtà, non ti si negherà il premio, ne ti si differirà punto la corona, purchè tu hora non rifiuti la pugna e non disperi della vittoria.

CAPITOLO II

Come l'afflizzione insegna la compassione e l'astinenza

Essendo morto uno dei suoi primi amici al Re Artaserse, il Re mandò Iona a Democrito, acciò da parte sua gli dicesse che se poteva fare qualcosa con l'arte sua, gli resuscitasse quel suo amico, o pure se vi fosse qualche altro rimedio di ridurre al pristino stato quel suo vecchio amico, lo volesse ad ogni modo tentare. Democrito rispose che gli si domandava una cosa ch'era molto grave e difficile, ma che però, se il Re volesse o potesse fargli havere le cose che egli gli domanderebbe, egli l'avrebbe servito. Gli fu promssa ogni cosa che avesse chiesta liberalissimamente. Allora disse dunque Democrito, fate così: andate e attaccate al tumulo del defunto una iscrizione nella quale siano scolpiti i nomi di trenta persone che sino ai venti anni dell'età loro non abbiano sentito mai alcuna sorte di dolore. Furono con ogni diligenza cercati questi benedetti nomi, ne si poterono trovare in luogo veruno, nè mai come si crede, si ritroveranno. E chi è quello, di grazia, fra gli huomini che, non dico in venti anni, ma anche in venti giorni non senta qualche cosa contraria? Tutta la nostra vita è pienissima di calamità e miserie. E Dio benedetto con la sua Provvidenza n'assegnò a ciascuno con giustissima bilancia la sua parte. A tutti si dà a bere dell'assenzio, ma a questo un bicchiere, a quello un boccale, a quell'altro un cucchiaio, come meglio pare a Dio. E ciò si fa ancora per questa cagione , acciocchè un huomo fosse toccato dal consenso e dalla compassione di un altro e s'imparasse ancora Temperanza. In che modo adunque l'afflizzione insegni così la Compassione, come l'Astinenza, l'andaremo noi adesso brevemente in questo capitolo dichiarando.

§.1. Della Compassione

E' un gran conforto ai miseri haver compagni nelle pene e il sapere che altri patiscono le medesime cose che lor [patiscono] patono e peggiori ancora, che niun si trova che non sia travagliato e che niuno da questo si può tenere esente. Con questa ragione, ammaestrando Christo i suoi, disse: (Voi sarete beati quando gli huomini diranno male di voi e vi perseguiteranno, poichè così ancora hanno perseguitato i profeti che furono prima di voi). E perchè la ragione sia più chiara disse ancora: (Se hanno perseguitato me, perseguiteranno ancor voi). Con la medesima ragione consolò S.Paolo i Tessalonicesi dicendo: (Voi havete imitato le chiese di Dio che sono nella Giudea perchè havete patite le medesime cose dalle vostre genti). Così medesimamente mostra come col dito agli Hebrei, che tutti gli huomini santi passarono per dispregi, per battiture, per prigioni, ceppi e catene, andando attorno malissimamente vestiti, coperti di pelle di capre, poveri, angustiati, afflitti, errando nelle spelonche, nei monti e nelle solitudini e che altri furono tentati, lapidati, feriti e tagliati in pezzi. E per confermarci meglio con gli esempi e con la generosa pazienza d'altri, ci ammonisce San Giacomo, acciocchè non ci pensiamo che quei che patirono tanto gran cose, fossero di ferro e di diamante e ci dice: (Cioè che Elia era un huomo passibile simile a noi). E così quelli come questi sentirono l'acerbità dei dolori come la sentiamo noi, ma perchè fecero più profitto nella Scuola della Pazienza perciò furono più pazienti di noi. Ne tanto dagli esempi, quanto dalle parole degli afflitti prendono conforto i poveri travagliati. Poichè fra le cose avverse impariamo a compatire gli altri e consolarli e a credere facilmente a coloro che hanno a patire cose simili. E questa è una delle cause principali per la quale andiamo tanti alla Scuola della Pazienza e habbiamo a essere si variamente afflitti, acciocchè uno compatisca al dolore dell'altro. E' certo che chi ha provato la povertà non ha difficoltà in compatire i poveri, chi è stato spesse volte infermo subito compatisce gli infermi. E chi ha imparato in fatti ciò che sia esser disprezzato, tenuto in poco conto e da tutti calpestato, facilmente compatisce a quei che sono disprezzati, tenuti in poca stima e calpestati. E chi è caduto in povertà compatisce facilissimamente a coloro che hanno corso la medesima fortuna. Et essendo noi stati in diversi travagli habbiamo il medesimo sentimento ch'ebbe la Regina Didone quando disse: (Imparo a mie spese ad haver compassione dei poveri meschini). Onde saviamente disse Eschilo poeta: (Ogn'uno è pronto a condolersi con i tribolati e a sospirar con loro. Ma la forza del dolore a niuno penetra nel cuore). A questo si può benissimo aggiungere quel detto di Sofocle: (Quelli solamente che hanno provato le miserie si dolgono delle afflizzioni altrui).

§.2. Della Misericordia

Di qua si cava un'ottima conclusione: quando tu vedi uno che sia senza misericordia, crudele, aspro e duro, al sicuro tu puoi dire che questo tale non ha provato mai male alcuno, che non sa niente, ne ha mai veduto l'oglio con il quale si ungono gli Atleti, che s'è invecchiato nell'ozio e nelle piume, e perciò egli è così crudele e inumano verso i poveri meschini. E perciò Dio avvertì alli suoi che non offendessero in modo alcuni i forestieri e i pellegrini, per esser ancor essi stati tali: (Non darete molestia ne fastidio alcuno al forestiero, poichè ancor voi foste forestieri nella terra d'Egitto). La vostra esperienza sarà quella che vi dirà quanto miserabile sorte sia l'esser un forestiero, schiavo, oppresso dalle fatiche e carico di bastonate.

S. Leone dice che perciò a S.Pietro, Principe degli Apostoli, fu permesso che così bruttamente cadesse, acciocchè essendo egli il sommo Pastore di tutti, fosse più facile a perdonare gli altri che fossero caduti, e perchè a questo modo si riponesse nel Principe della Chiesa il rimedio della penitenza. Quindi è che il Padre di famiglia si sdegnò così gravemente con quel servo, perchè essendosi egli trovato indebitato con il suo Signore infino agli occhi e havendone ottenuto la remissione, con tutto ciò non havesse voluto havere un tantino di compassione a quell'altro suo compagno, onde gli disse: (Non dovevi tu ancora havere compassione del tuo compagno?). Quindi è che S.Paolo volendoci dare un gran conforto dice: (Non habbiamo un pontefice che non ci possa compatire, ma si bene uno che ha patito ogni sorte di miserie e tribulazioni. E perciò ricorriamo pure con gran fiducia al trono della grazia per ottenere la misericordia). Dice lo stesso in un altro luogo: (Onde fu di bisogno che si assomigliasse agli altri suoi fratelli per essere un pietoso e fedele Pontefice appresso Dio). Et onde mai fu così misericordiosa la Beatissima Vergine Madre di Nostro Signore e finora si chiama ed è madre di misericordia? Certo perchè imparò ancora essa a sue spese ad havere pietà dei poveri afflitti, essendo essa stata ancor sempre esercitata in ogni sorte di miserie in questa presente vita. Et onde fu così barbaro e crudele quel ricco Epulone, perchè senza provar gli incomodi della povertà: (ogni giorno faceva banchetti e sguazzava). Per queste cagioni Dio manda delle tribolazione a molti acciocchè imparino ad havere compassione a gli altri e siano più pronti ad aiutarli. Sentirai molti che in questo dicono la sua colpa: io non volsi credere a quell'infermo, non mi rincrebbe niente di quel poverello, non ebbi niente di compassione a quel povero afflitto e tribolato, mi risi di chi piangeva la morte dei suoi parenti. Con molta ragione adunque mi sondate hora a provare l'infermità, la povertà, la mestizia, e le lacrime, perchè a questo modo imparerò per l'avvenire ad havere compassione a gli altri. Il Profeta Geremia di questa maniera va riprendendo i mali costumi dei Moabiti. (Moab fu sempre grasso e fertile fin dalla sua gioventù se ne è sempre stato sopra le proprie feccie ne mai è stato mutato da uno ad un altro vaso). Va comparando i Moabiti al vino che stando troppo nelle sue feccie senza mutarsi piglia un cattivo odore. Li Spagnoli sogliono dire: questo vino vien pur hora dalla madre, ne si è ancor tramutato da una botte in un'altra. Così appunto erano i Moabiti i quali essendo ricchi e comodi per le fertilissime terre che possedevano, non sapevano che cosa volesse dire ne fame, ne povertà: Perciocchè i Moabiti essendo vicini a quei di Sodoma, e per l'abbondanza delle cose troppo effemminati e nutriti fra le ricchezze e i vizi, facevano poco conto dei casti consigli della povertà. Ne fu tramutato Moab dal vaso della Giustizia nel vaso della Temperanza, della Castità e della Misericordia. E per dir tutto in una parola: non spesero un dinaro nella Scuola della Pazienza. Sanno solamente mangiare, bere, burlare, giocare e imbriacarsi d'ogni sorte di piacere.. (Se ne stavano bevendo allegramente e tutti quanti benissimo profumati, e non si curavano niente dei travagli che pativa il povero Giuseppe). Duri affatto e senza alcuna pietà e sopra tutto sempre impazientissimi. Hor ecco quanto vale l'haver imparato costumi e lettere nella Scuola della Pazienza. Poichè ciò è di giovamento non solo allo stesso scolaro ma agli altri ancora. Si che il condolersi e l'haver compassione qui si impara.

§.3. Della Astinenza

Oltre della Compassione nella Scuola della Pazienza impariamo ancora l'Astinenza e la Temperanza. Vi son molte cose che mentre le possediamo ci pare di non potere starne senza, ma quando ci sono levate, noi stessi ci maravigliamo della facilità che sentiamo in non haverle. Si trova talvolta un mercante ricco e splendido che non sa uscire di casa se non è accompagnato da una buona comitiva di servitori, ma se questo a sorte cade in povertà, allora prova quanto sia facil cosa l'andar solo e senza compagnia. Si trova uno per viaggio, che per essergli subito fatto notte, non potendo per l'oscurità arrivare al destinato alloggiamento, è forzato a starsene in campagna e starsene la notte sotto a un albero, e perchè ha portato seco poca provisione è sforzato finalmente confessare e dire: io non sapevo di poter cenare con due denari. Vi è un artigiano che un tempo fu ricco e teneva buona tavola, ma perchè non volle affaticarsi e non attese alle sue faccende, consumò ogni cosa e ridotto in povertà, si riduce alla fine a mangiare la mattina un poco di insalata senza oglio e la sera a passarsela così a digiuno, o pure con una scodella di brodo senz'occhi e con un poco d'acqua fresca, onde poi va dicendo a se stesso: io non sapevo di poter vivere così parcamente. Vi sarà ancora qualcheduno di questi Postiglioni, o procacci, che haverà seppellito tutto il suo [avere] nelle hostarie e nelle taverne, e da cavallo restando a piedi: sia ringraziato Dio, dice, che di nuovo m'ha fatto levare in piedi. Io non sapevo prima quando me ne andavo a cavallo di poter così bene camminare. Così fa Dio con molti che con una salutifera penuria gli riduce alla mediocrità e alla temperanza. Vi sono molti che stanno così ostinati nel loro proprio giudizio, che dicono, uno: io non posso stare senza una buona tavola, l'inedia non fa per il mio stomaco. Un altro poi dice: io non posso far la vita mia senza compagnia. Quell'altro dice: ed io se non bevo molto bene sono come un pesce in secco. Ma quando la povertà o qualche altra calamità levano loro il cibo, i compagni, e il sonno e gli mutano il vino in acqua, allora sperimentano benissimo in fatti quanto sia facile il vegliare, il mangiare poco, il digiunare, l'esser privo del vino e dei compagni. La calamità è maestra della Temperanza. Nelle scarsezze impariamo la sobrietà e la parsimonia. E spesse volte non giova niente l'esser parco al fine. Quanti huomini grandi e nobili che noi habbiamo conosciuto, hanno imparato in una prigione a mangiare con pochissima spesa, che prima la lor tavola a pena era bastante a sostener tante vivande? Sentite, di grazia, una cosa maravigliosa che vi farà trasecolare, ed è cosa che fa molto al proposito nostro.

Pecchio Cisalpino, huomo assai industrioso e di grande animo, venne in odio a un Signore assai ricco e potente e facendo egli una volta un viaggio, dette negli agguati del suo nemico e così fu preso e come un gatto rinchiuso in un sacco fu portato in un castello. Quivi il povero Pecchio fu messo in una oscura e profonda prigione, e senza che alcuno di quei di casa sapesse mai che cosa passasse, fu dal Signore del Castello dato in cura ad un suo più fidato servitore, con ordine severissimo che senza far di ciò parola con nessuno l'andasse mantenendo di questa maniera: che non gli desse altro ogni giorno che un pezzetto di pane molto scarso e un pochetto d'acqua , con che quel meschino potesse non tanto lungamente vivere, quanto sentirsi continuamente e lentamente morire. Far questo mentre Pecchio era cercato per tutte le città e luoghi di quel paese; ne essendosi esso potuto trovare, fu trovato solamente il suo cavallo macchiato un poco di sangue. Laonde sospettandosi che egli fosse stato ucciso, furono fatte grandissime diligenze per trovarne l'autore. Alla fine furono ritrovati due coi quali si sapeva che una volta egli haveva havuto una certa rissa. Questi poveri meschini confessarono a forza di tormenti, se bene ciò non era vero, che essi l'havevano ammazzato. Onde essendo stati perciò condannati, ad uno fu tagliato il capo e l'altro fu impiccato. E così morirono quei meschini senza haver fatto quel delitto. O Signore come son grandi e profondi i vostri giudizi! Intanto quell'altro meschino se ne stava stentando in quell'oscurissima prigione, e con quel modo di vivere, o più tosto di morire, se ne passò lo spazio di diciannove anni. Non si spogliò ne si mutò giammai, ne pigliò mai altro in tutto questo tempo se non quel poco d'acqua e quel poco di pane che scarsissimamente gli era dato ogni giorno. Nondimeno, come egli stesso raccontò poi, ricordandosi sempre della misericordia di Dio e della sua Santisima Madre, havea sempre una gran fiducia e una fermissima speranza d'uscire un giorno di quella spelonca di morte. Fra tanto i suoi figlioli gli fecero fare le esequie come a morto e divisero fra loro l'eredità. Passati dunque tutti li detti diciannove anni in così dura prigione, se ne morì il padrone di quel castello nemico capitale di questo povero imprigionato. E volendo il successore ingrandire un poco e abbellire di nuovo il castello, ordinò che vi si gettassero a terra alcune fabbriche antiche. Arrivati che furono i guastatori a questa sotterranea fossa , che non havea altra entrata che un buco molto stretto, e gettato a terra tutto quello che poteva impedire la nuova fabbrica, trovarono questo povero huomo che a loro parve come un'ombra stigia con tutti i suoi vestimenti rotti con una barba lunga fino alle ginocchia e con i capelli sparsi per le spalle e tutti rabbuffati. Si stupirono quei lavoranti a uno spettacolo tanto inaspettato. E subito si sparse questo caso per tutta quella terra. Vi concorse gran moltitudine di gente come se havessero a vedere un qualche Satiro o qualche Fauno o altro simil mostro delle selve. Alcuni di quelli più pratici che vennero a vederlo furono di parere che questo huomo non fosse così subito esposto all'aria, acciocchè con così repentina mutazione non venisse a perdere o la vista o la vita. E così trattenuto per alquanti giorni all'oscuro, gli cominciarono a poco a poco a fargli vedere la luce. Quivi gli furono fatte molte domande come a uno che fosse ritornato in vita dall'altro mondo. Gli fu domandato chi egli fosse, di che casata, di che paese, donde fosse colà venuto, quanto tempo vi fosse stato ecc.. Alle quali cose rispondendo e raccontando ogni cosa per ordine, diede ad intendere a tutti la verità del fatto. Onde non solamente gli fu data la libertà, ma dopo d'esser ritornato alla casa sua gli fu ancor per ordine del Principe restituita la sua robba che i suoi figliuoli s'haveano fra di loro divisa. Ma quello che sopratutto fa a nostro proposito ed è degnissimo d'esser notato, è che questo Pecchio quando fu condotto in questa prigione havea il male della Podagra e grandemente ne pativa, ma col mangiare così parcatamente guadagnò questo, che non solamente non ne patì più mentre se ne stette in quella prigione, ma ne fu ancor sempre libero mentre visse. Quegli che scrisse questo fatto [Simon Maiol] a memoria dei posteri, egli stesso dice queste parole: noi parlammo con questo medesimo huomo e dalla sua propria bocca udimmo tutte le suddette cose nella Città di Milano l'anno 1566 del mese di Novembre.

Ecco come Dio conduce e riduce gli huomini dall'inferno. Ecco come una calamitosa povertà, non solo insegna l'Astinenza e la frugalità, ma dà ancora la sanità che per altra strada ne con qualsivoglia medicina si sarebbe giammai potuta riacquistare. Ma noi per il più habbiamo la testa tanto dura che quelle cose che dovremmo imparare di buona voglia non le impariamo se non per forza. Onde alla fine il maestro nella Scuola della Pazienza con gran ragione ci sollecita e ci riprende in questo modo: impara dunque per forza ciò che non volesti imparare di buona voglia. Galeno è di parere che giovino grandemente a qualcuno, quando gli sopravvengono, alcune subite infermità, e noi lo crediamo, come ancora che non sia d'alcun nocumento agli scolari della Pazienza il sentirle.

§.4. Della Temperanza

Racconta Horazio una bella cosa ed è che un certo Opimio, ch'era un gran riccone, ma molto avaro, si ammalò gravemente e gli venne un gran letargo; e già l'erede tutto allegro se ne andava correndo intorno alle chiavi e alle casse. Vi erano alcuni che procuravano bene ad ogni lor potere di tener desto il povero ammalato con pungerlo, pizzicarlo, tirargli i capelli e altre simili molestie, ma non c'era il verso di cacciargli il sonno. Il medico che ancor'egli cercava d'aiutarlo con quella diligenza e fedeltà che poteva, fece mettere una tavola vicino al letto dell'infermo e sopra vi fece vuotare con gran strepito alcuni sacchi di denari, e che alcuni ancora li andassero contando. Cominciò poi a chiamare ad alta voce l'infermo, dicendogli: Opimio, o là Opimio, vedi che se tu non hai cura alla tua robba, già li tuoi buoni eredi ti levano ogni cosa. A queste parole Opimio aprì tanto d'occhi e svegliandosi da [padrone] dovero, cominciò a gridare dicendo: e che cosa è questa? Io non sono ancora morto e mi fate queste cose? Levatevi di quà canaglia, mali uccellacci, che? Veniste a lacerarmi vivo? O pure mi volete seppellire prima ch'io muoia per pigliarvi la mia robba? Adunque gli soggiunse all'hora il medico, se tu vuoi campare fa che tu procuri di stare vigilante. E a questo modo gli passò il letargo. Intendete questo voi cristiani? Il celeste medico delle anime vede ogni giorno infiniti Opimii per il mondo, che sono ammalati gravemente e oppressi da un profondo letargo, tanto che non si curano più della propria salute e sono per l'intemperanza loro tutti marci e guasti. Hor che deve fare in questo caso la sollecita cura di un fedelissimo medico? Tenta diversi rimedi per risanare l'infermo, ma poco gli giovano. Alla fine dunque o finge di levargli, o pur anche gli leva del tutto le più care cose ch'egli habbia , ad effetto e con intenzione di svegliarlo da quel mortale sonno, far che stia vigilante ed emendi i suoi mali costumi e a questo modo recuperi la perduta sanità. Finalmente l'infermo è forzato a confessare e dire: io certo mi pensavo di non haver tante forze da poter stare senza queste cose, d'astenermi da queste altre e da non conseguir quell'altre, ma hora come vedo, o perchè io voglio, o perchè devo, posso tutte queste cose, stò senza queste, m'astengo da quest'altre e non ottengo quelle e pure io vivo. La calamità è la maestra della Temperanza. Quel figliuolo Prodigo che haveva dissipato tutto il suo patrimonio, o come imparò bene a tollerare la fame, e come galantemente lasciò tutto il vizio della crapula?

Era tanto grande la fame che haveva che si tenva felice di poter havere un poco di pane d'avena e quello che prima havea a nausea il pane bianco desiava poi riempirsi il ventre degli stessi cibi che mangiavano i porci, e quello ch'era peggio, non havea chi gliene desse. E però ricordandosi molto bene dell'abbondanza della casa paterna, dove non haveva mai conosciuto che cosa si fosse il brutto mostro della fame, cominciò fra se stesso ad esclamare e dire: non già, o chi mi portasse una gallina grassa o un buon cappone o un poco di pan fresco o bianco? Ma si bene: o chi mi desse un poco di pan muffo? Dove di grazia imparò egli, e da chi questa così gran temperanza? L'imparò dalla fame e ciò nella Scuola della Pazienza. E perciò ottimamente disse Eusebio: (La fame fu quella che richiamò colui che il troppo mangiare havea cacciato via). Poichè i falconi non ritornano mai dai suoi padroni se non sono forzati dalla fame. Noi altri ci crediamo che la fame sia un gran male, ma è molto maggiore l'intemperanza. Acciocchè dunque noi fuggiamo questa, Dio ci manda qualche volta quell'altra. Ci castiga con la fame per insegnarci ad astenerci dalle cose vietate e a questo modo le calamità ci servono per rimedi.

Molto elegantemente disse Seneca: (Li gravi inconvenienti si rimediano con minori, quando l'animo non vuol star sotto la disciplina, nè si può sanare con cose più molli. Perchè non è buon rimedio, in tal caso la povertà, l'ignominia e la perdita della robba? Un male s'oppone all'altro). Se tu vuoi, che un infermo non tocchi un cibo che gli farebbe danno, la miglior cosa che si possa fare è, o non metterglielo dinanzi, o metterci tanto sale o tanto pepe che egli stesso subito lo getti. Iddio provvede alla nostra infermità, quando nelle cose che ci potrebbero far danno, ci mette tanto sale o pepe di tribulazioni e dispiacere, che ci fa passare la voglia di gustarle. Interpretando questo per un gran beneficio, S. Agostino dice così: (A chi si toglie la licenza di far male, utilissimamente si lega). Il che havendo egli benissimo provato in se stesso soggiunge: (Non scampai Signore dai vostri castighi, poichè chi è quello che ne possa scampare? Ma voi m'eravate sempre presente, castigandomi con misericordia e aspergendo d'amarissimi dispiaceri tutte le mie illecite amarezze, acciocchè a questo modo imparassi a star allegro senza offendenrvi). Tutto questo fa Dio acciocchè non ci piacciano con nostro danno le cose che ci farebbero male. Quindi è, o beatelli, ch'io vedo i vostri piaceri, ma non ve li invidio; perchè sò certo che sono molto ben salati e molto ben impepati. Tocchigli pure a sua posta chi si vuole scottare. Iddio si porta con noi altri come un cuoco molto destro e avvertito, perchè tutti i cibi che ci potrebbero far danno, come cocomeri, funghi, meloni e altre cosacce simili ce le condisce talmente, che di molta buona voglia le lasciamo stare. Et in cambio di queste cose così dannose ci manda il piatto reale della sua tavola. Potea parer un grande favore quello che faceva il Re David ad Uria, quando gli mandò dietro le vivande reali della sua tavola, come dicono le sacre historie: Secutus est eum cibus regius. Al medesimo modo il Re Nabuchodonosor ordinò che alli quattro giovinetti hebrei si dessero ogni giorno le vivande della sua propria tavola, e che mangiassero dei medesimi cibi, ch'esso mangiava, e bevessero del medesimo vino ch'esso beveva. Ma che sono questi cibi reali di Christo? E che cosa è questa sua bevanda? Non è altro che la penuria di tutte le cose, nascere, vivere e morire in estrema povertà. Dice il Salvatore: (Il mio cibo è il fare la volontà di quello che mi ha mandato e di finire l'opera sua). E che opera è questa? L'esser continuamente crocifisso perchè Gesù Christo N.S. dal primo istante, che cominciò a stare nel ventre della Beatissima Vergine conobbe che havea da esser crocifisso, quindi è che mentre visse fu sempre crocifisso per la continua memoria della morte sua. E domandando ancora ai due fratelli figli di Zebedeo, come se egli non lo sapesse: (Potete voi bere quel calice che ho da bere io?). Quel calice che mi ha dato il mio Padre, quel calice tanto amaro? Chi dice di non potere, imparerà nella Scuola della Pazienza. Avvezziamoci dunque a levarci le cose superflue; e il mangiare domi la fame e il bere la sete. Impariamo a signoreggiare le nostre membra e accomodiamoci a vivere non secondo gli esempi moderni. Avvezziamoci a mangiare senza fare banchetti ogni giorno e senza tante delicatezze, ad usare dei vestimenti per quello che sono stati trovati e habitare un poco più stretti. Impariamo ad accrescere la continenza, raffrenar la lussuria, e temperar la gola, mitigar l'ira, amare la povertà, osservare la Parsimonia e accomodiamo l'animo a pensar le cose future e eterne. Tutte queste cose si imparano nella Scuola della Pazienza, ma quei solamente che son diligenti e vogliono fare profitto. Fra tanto stiamo saldi in questo, di non lasciarci abbattere dalle avversità e di non credere alle prosperità. E' cosa da huomo prudente il provvedere che non succeda il male ma è cosa da huomo forte sopportare moderatamente ciò che occorre.

CAPITOLO III

Come l'afflizzione insegna la fortezza e la fedeltà

Girolamo Cardano huomo erudito propone una questione: per qual cagione le rose siano armate di spine? E dopo una lunga disputa filosofica così conclude: (Se la rosa fosse senza spine sarebbe anche senza odore. Di qui è che le rose selvaggie, che per il più hanno cinque piccole foglie, hanno minori spine di quelle che nei giardini si coltivano, e perciò son bene di soavo odore, ma assai debole). L'Orazione è a guisa di una bellissima e soavissima rosa; ma se non ha le sue spine della mortificazione non ha troppo buon odore. E' comune parere di tutti i Santi Dottori, che l'orazione senza la mortificazione sia quasi di nessun valore; che una non possa stare senza l'altra; e che queste due cose non possano fra di loro [essere separate] separare. Quindi è che essendo una volta lodato un religioso in presenza del N.S.P.Ignazio, per huomo di molta orazione; il Santo soggiunse in un altro tono: egli è un huomo di molta mortificazione che non solamente attende a macerare il corpo, ma ancora, e molto più a vincere e soggiogare la propria volontà e giudizio. E che queste due cose, cioè l'orazione e la mortificazione s'insegnino benissimo nella Scuola della Pazienza l'andrò mostrando in questo capitolo.

§.1. L'Orazione deve essere attenta

Esortandoci il Re David a lodare Iddio dice così: (Cantate al Signore nella cetera e alla cetera aggiungetevi il Salterio, insieme con le trombe e la cornetta). Questa è un'ottima esortazione alla orazione e contiene quattro capi. Il primo è che se la cetera, o la Lira, è di più corde è necessario che tra di loro siano molto ben accordate, perchè se una sol corda non consonerà con l'altre, tutto il concento si perde. Nè altrimente occorre nella materia nostra. Perchè: (Se uno osserverà tutta la legge e in una sol cosa manchi è come se non ne osservasse niente). Sii pur casto e limonisiero quanto tu vuoi, se con tutto ciò tu sei iracondo e invidioso, già il concento è nullo, è come se non avessi fatto niente. E per il contrario, se tu sei mansuetissimo senza portare invidia a nessuno, se con tutto ciò non sei casto, l'armonia è perduta e sei d'ogni cosa fatto reo. Perciò cantate al Signore nella Ceterea e nella Cetera che sia molto ben accordata. Tal sia la tua orazione qual sia la tua vita. Il secondo: vuole che la voce si accordi con il suono degli strumenti. Chè se una sola voce sarà discorde, già la soavità del canto è spedita. Chi ora sappia ciò che dice: bisogna che la vera orazione sia attenta. Il terzo: la tromba è uno strumento che non si fa se non con molte martellate, il che significa la mortificazione. Noi cantiamo spesso a Dio ma senza suoni e strumenti, e così la nostra musica non vale niente, facciamo orazione, ma non castighiamo la ribellione della nostra carne. Con questa frode molti si ingannano. Poichè facendo spesso orazione e stando tutto il giorno in ginocchioni si pensano d'esser huomini di molta orazione e per tali si tengono. Voi dunque siete quei musici così valenti? La voce sola non è ingrata, ma dove sono le trombe, dove la cetera, dove la cornetta? E' buona l'orazione ma dov'è la mortificazione? Queste cose bisogna che stiano insieme altrimenti la musica non andrà bene. Christo non ci insegnò solamente a fare orazione, ma c'insegnò ancora ad odiare noi stessi; e là nel monte Oliveto non solamente ordinò ai suoi che orassero, ma che vegliassero ancora, ne si lasciassero vincere dal sonno. Tutte due queste cose si insegnano nella Scuola della Pazienza, e l'orazione e la mortificazione. Ditemi di grazia, quanti marinari havete voi veduto far orazione passata ch'è la tempesta, rasserenato già il cielo, e dopo il pericolo del naufragio? Quanti soldati havete voi veduti a battersi il petto mentre lontani dal nemico stanno raccontando favole e burle appresso il fuoco? Appresso moltissimi huomini tanta stima si fa di Dio nelle prosperità, quanto conto facciamo noi altri del caldo d'una fornace nel mezzo dell'estate, d'una torcia a mezzogiorno, d'un soldato a tempo di pace, d'un sonatore quando non si balla, d'un architetto quando non c'è da fabbricare. E quanto conto si fa di una tavola bene apparecchiata quando non c'è appetito, d'un avvocato o d'un procuratore quando non ci sono liti, e del medico quando tutti stanno sani. Oh come disse bene quel Poeta: (Quei che stanno in prosperità, rare volte attendono alle devozioni). Nel tempo della prosperità non si attende all'orazione, non si va alla messa, non si accomodano gli altari, ma come viene poi l'inverno e si fa sentire il freddo allora ci accostiamo al fuoco, quando è notte allora accendiamo le candele e facciamo venire le torcie, quando vi è la guerra allora facciamo soldati, quando siamo infermi allora chiaminamo il medico, quando più incrudelisce la fortuna allora ricorriamo all'orazione e alziamo le mani al cielo. E così ci vogliono buone bastonate se habbiamo a stare bene.

Perciò disse il real Profeta: (Signore volete che i peccatori ricorrano da voi e invochino il vostro santo nome?). Svergognateli, fate che non possano comparire con gli altri huomini, che così se ne verranno subito, altrimenti non se faranno mai niente. E confermando l'istesso disse: (Moltiplicate che furono le loro infermità, subito s'affrettarono). Et essendo tribolati cominciarono a chiamare il Signore ad alta voce. E perchè non chiamaste prima? Perchè non havevamo alcuna tribulazione, adunque le calamità sono ottimi rimedi per farci chiamare il Signore; perchè noialtri stiamo a punto come le canne degli organi, le quali non suonano, ne si fanno sentire, se non quando sono sforzate col vento dei mantici. E così facevano gli hebrei: (Quando li uccideva, allora lo cercavano, e ritornandosene a lui la mattina per tempo venivano a trovarlo). Quello scellerato Re Manasse, non havrebbe mai imparato a fare orazione, se non fosse stato messo in prigione. Ma che dirò di tanti huomini santissimi? Mosè carico di molti travagli, Giacob perseguitato dal fratello, Sansone burlato dai Filistei, Tobia con la perdita della robba e degli occhi, Sara caricata di mille ingiurie, i tre giovinetti Hebrei nel mezzo delle fiamme ardenti, Daniele nel lago dei leoni, Pietro in mare, Paolo e Sila in una stessa prigione, e mille altri che tralascio, hebbero occasione e impararono a fare orazione in mezzo alle avversità e ai travagli. Così Giona Profeta imparò ad ubbidire nel ventre di una Balena, e quei barbari Geraseni dopo haver perduto i porci se ne andarono a supplicar Gesù Christo. Gli Apostoli quando stava per affondarsi la lor barchetta, allora più che mai domandaronno il divino aiuto. Poichè la fiera allora se ne corre alle tane quando i can la seguono, allora un albero ombroso è caro a un viandante quando lo punge il sole o sopravviene la pioggia. Così appunto siamo noi altri che quando stiamo bene non diamo tanto fastidio a Dio con le nostre orazioni perchè o non oriamo o, se lo facciamo, è con molta negligenza e freddezza. Ma quando i cani ci assaltano e ci perseguitano, allora ci diamo fretta, allora ci mettiamo a correre quanto possiamo per ritrovar qualche scampo. Quando siamo travagliati dal caldo delle tribulazioni e delle miserie e bagnati da una copiosa pioggia di lacrime, allora chiamiamo in nostro aiuto Iddio con tutti quanti i Santi. A questo tale potrebbe molto bene dire Iddio: tu non saresti venuto da me se come Padre non ti havessi chiamato con la ferla. E David era di tanta ingenuità che confessando questo istesso disse: (Allora io gridai al Signore invocando il suo aiuto, quando ero tribulato). Il Re Faraone stando in una pessima ostinazione osò dire: (io non so chi si sia questo

Signore, e non voglio altrimente che il popolo d'Israele si parta). Certamente che allora non haveva ancora provato i flagelli di quel Signore ch'egli diceva non sapere chi fosse. Ma come poi hebbe provato i suoi castighi imparò di parlare altrimente. E disse più di una volta: (Pregate il Signore che faccia cessare questi tuoni spaventosi e questa grandine). O Faraone adesso tu conosci il Signore? Certo che a tuo marcio dispetto hai imparato a parlare così nella Scuola della Pazienza. E se bene Faraone era uno scolaro indocile del tutto e di niuna speranza, nondimeno battuto fece profitto. Sentì d'altra maniera e parlò meglio dopo le percosse e le battiture. Ma che ci maravigliamo di Faraone? Lo stesso Demonio parlando con Christo da lui non conosciuto gli hebbe a dire: (Se tu sei figliuolo di Dio, converti queste pietre in pane). Ma sentite come mutò parlare quando fu battuto, poichè: (Uscivano da molti i demoni gridando e dicendo. Tu sei figliuol di Dio). E' più duro del durissimo Faraone, più duro degli stessi sassi e peggior assai degli stessi sassi e peggior assai dello stesso Demonio. Se alcuno si vorrà portare da huomo nell'afflizzione imparerà di far orazione se prima non lo sapeva. L'afflizzione è un'ottima maestra per insegnare a far orazione.

§.3. La Mortificazione

Impariamo non solamente a far orazione nella Scuola della Pazienza, ma l'arte ancora di mortificarci. A questo proposito disse Clemente Alessandrino: (Si inselvatichisce la vite, e degenera in labrusche se non si pota; e l'huomo si sporta fuor del dovere se non è flagellato. Perchè come ai tralci se non si restringono se ne vanno tutti in pampini, fanno poca uva e questa ancora acerba, ma quando col ferro si castigano fanno uva buona, in più abbondanza e più dolce: non altrimente l'huomo che se continuamente non si cura con fatiche, miserie e con afflizzioni, come la vite con la ronca, tutto se ne va in vizi, come in tanti pampini, s'inferocisce, va lussuriando e s'inselvatichisce; ma se vien toccato dal ferro della calamità fa frutti abbondantissimi d'orazione, di penitenza, di pazienza e di mortificazione). Il nostro appetito sempre desidera cose vietate e, come sboccato e senza freno, se ne corre sempre alle cose nocive. E viene talvolta in tanta rabbia, che ti pare di sentire uno che dica: io non posso patire il freno, non posso star sotto regole, non voglio consigli, vado dove mi piace, voglio fare a modo mio. Ma questo tale al sicuro si va a precipitare, se qualcuno non si oppone a queste sue impetuose furie. Quivi il benignissimo Iddio fa parare in mezzo al corso questo sboccato e feroce cavallo, mentre con danni diversi e con diverse calamità e miserie l'incontra per domar questa indomita bestia. E si come quando un cavallo non si vuole lasciare cavalcare, gli si copre la testa con un mantello, così fa Dio con un uomo feroce e bestiale, gli mette in testa il mantello della malinconia e della tristezza acciocchè impari bene ciò che prima non voleva. Dice segnalatamente S.Agostino: (Il cavallo (dice questo Santo) non si doma da se stesso, come neanche l'elefante, ne l'aspide, ne il leone; così neanche l'uomo si doma, ma per domare il cavallo, il bue, il cammello, l'elefante, l'aspide e il leone si cerca un huomo: adunque per domare l'huomo si cerchi Dio). Ma questo nostro Cozzone mette ancor mano ai flagelli, e molte volte ci tratta, come trattiamo noi altri i nostri giumenti, i quali domiamo con freni, con bastoni, con flagelli, con pertiche e bisognando ancora col manico del forcone. Hor perchè ci lamentiamo quando Dio fa così con noi? Noi siamo giumenti di Dio come dice il Re David: (L'huomo quando se ne stava con la sua reputazione e onoratamente non se lo seppe conoscere, e perciò fu assomigliato agli sciocchi e stolidi giumenti e fu fatto simile a loro). Hor perchè non potrà Dio usar le sue ragioni in questi suoi giumenti e batterli, come più gli farà piacere, cioè castigarli con la povertà, con contumelie, con pianto e con mestizie? Non solamente ha domato Iddio con flagelli un Nabuchodonosor, un'Acab, un Manasse e un Antiocho, ma moltissimi altri ferocissimi leoni simili a loro, i quali deposero non solamente la ferocità, e lasciati i loro crudelissimi affetti, tornarono in se stessi e si mostrarono da huomini, dove prima li avresti giudicati tutti per bestie. Dice S. Agostino: (Che se il tuo giumento si lascia domare, che premio da te riporta? Neanche quando muore lo seppellisci. Ma Iddio remunererà la tua pazienza con darti il cielo, e dopo la tua morte ti ritornerà in vita e niente di te si perderà giammai. Con questa speranza si doma l'huomo, e chi lo doma è tenuto per intollerabile? Con questa speranza l'huomo si doma e contro un così utile domatore si mormora se forse talvolta adopera la sferza?). Habbiamo almeno tanto cervello quanto ne hanno le bestie. Queste se si attaccano a un cocchio, a una carrozza, a un carro, o ad un aratro e con la verga o con la sferza son percosse sanno almeno haver quelle bastonate, o perchè vanno fuor di strada o camminano troppo tardi, onde tornano subito su la strada o camminano più presto. Siamo ancor noi come persone ragionevoli, almeno tanto sagaci e scaltri, che quando uno è corretto dal Signore, vada fra di sè pensando e dicendo: adunque ho fatto male e sono andato fuor di strada: ecco che son richiamato con la sferza. E Dio sa dove andavo a parare se mi lasciavano andare? Ma dato che io sia sempre stato nella strada, perchè io camminavo troppo adagio, come una tartaruga, però con ragione i castighi mi avvisano ch'io faccia il debito mio. E così da ora in poi andarò un poco più presto. Sin'hora pareva che io dormissi, hora starò vigilante e non perdonerò fatica alcuna. Se non facciamo così, habbiamo manco cervello delle bestie, le quali, come si è detto, con le bastonate si riducono alla buona strada.

§.4. Della natura del pianto

San Giovanni Grisostomo volendoci metter avanti gli occhi questo negozio eccellentissimamente al suo solito, e con quella sua bocca d'oro, va così dicendo: (Se volete che vi descriviamo due case, una di nozze l'altra di pianto, entriamoci dentro con la mente e vediamo quale sia la migliore. Poichè quella lugubre e mesta si troverà piena di sapienza, ma quella nuziale piena di confusione). Perciocchè vi vedrai e sentirai parole scomposte, un ridere sfacciato, un parlare lascivo, un andar gonfio, un procedere superbo, un'abbondanza grande di vivande, un vestire pomposo e una grande superfluità di tutte le cose. Quivi habbiamo la sazietà e la superbia e l'ebrietà, quivi fanno la sua stanza Bacco e Venere. Quivi dice ognuno: oggi possiamo fare delle pazzie. A questo modo gli huomini diventano bestie, perchè mangiano come porci, bevono come tante vacche, tirano calci come asini e annitriscono come cavalli. Diresti che fossero nella scuola della intemperanza, della lascivia e d'ogni più svergognata bruttezza e malvagità. Non condanno le nozze dice S.Gio.Grisostomo, ma le cose che si fanno nelle nozze, quella pompa diabolica, quei cimbali, quei pifferi e quelle canzoni piene di fornicazioni e d'adulterii. Ma non è già così nella casa del pianto, dove si vede ogni cosa ben composta, una quiete grande, un silenzio profondo, dove si trova la memoria della morte, la meditazione delle cose future e la vera sapienza: dove non vi è cosa disordinata ne scomposta, ognuno che quivi parla, parla piano, poco e con modestia.Tale è la natura del pianto, insegna ad haver cervello e a comporsi ad ogni modestia e frugalità. E così è molto meglio andare in quella casa dove si piange che in quella dove si ride e si banchetta. Perchè da quella ne usciamo più modesti e più santi, e da questa più sfacciati, più stolti e più maligni. E si come un corpo che sia pieno di succo e di sangue e che per la gravezza appena si può reggere in piedi, è un preparato alloggiamento per l'infermità e le malattie; e quello che travaglia e ogni giorno lotta con la fame è sicuro da simili miserie, così ancora l'animo fra gli spassi e le delizie si snerva e si dà tutto in preda ai vizi; ma quello che è travagliato dai fastidi e dalle melanconie, per il più è senza vizi e con le avversità cresce e diventa più forte. Et ecco come l'afflizzione e il pianto raffrena ogni leggerezza e tutto ciò che può sapere d'immodestia. Perciò Dio ci manda il pianto e l'afflizzione, per tagliarci l'ale come a tanti uccelli, acciò non habbiamo a volare altrove. Hor che stiamo a negare? La nostra coscienza stessa ci fa contra e ci convince. Noi altri per la maggior parte, siamo troppo vivaci, habbiamo dentro di noi certi affetti e certi desideri troppo ardenti e molto indomiti; e perchè noi assaggiamo la mortificazione, come fanno i cani l'acqua del Nilo, pigliandone manco che possiamo, perciò Iddio benedetto ci manda cose salubri, ancorchè non vogliamo e ce ne lamentiamo, e talmente ci esercita con molestie e con miserie, acciocchè siamo più mansueti e più composti e più facilmente diventiamo huomini da bene. O se tu sapessi quanto ti importa l'essere così mortificato per liberarti dai vizi in questa vita? E' cosa certa che i mali che quà ci vengono ci sforzano d'andare a Dio. L'orazione è buona, ma accompagnata con il digiuno e con la elemosina. E buona è quella orazione che è congiunta con la mortificazione. L'un e l'altro ci insegnano con ogni soavità la Scuola della Pazienza. E questo in vero fu il grande e continuo studio di tutti quanti i Santi, parte per placare Iddio con l'orazione e parte per affliggere se stessi con questa quotidiana morte. Impariamo questo e avremo fatto un gran profitto nella Scuola della Pazienza. Aggiungo hora alcune cose che confermeranno ciò che habbiamo detto.

§.5. Rifugio in Dio

Costantino Magno Imperatore havendo dato l'assalto ai Bizantini con poco felice successo, non senza gran mortalità dei suoi, se ne ritornò dalla battaglia tutto stanco e mesto. E già si avvicinava la notte, quando l'Imperatore stando in gran dubbio di ciò che havesse da fare, teneva gli occhi fissamente alzati al cielo chiamandolo e invocandolo con caldi e ardenti sospiri ad aiutarlo. Et eccovi un prodigioso soccorso. Mentre Costantino teneva così devotamente e con tanta sollecitudine gli occhi fissi in cielo vede e osserva in quello una scrittura di stelle che così diceva: (Invocami quando sarai tribolato, che io ti libererò e havrai materia di glorificarmi). Restò da principio l'imperatore a sì sublime prodigio un poco attonito e spaventato; sentendosi subito mutare quel timore in allegrezza, drizzò un'altra volta avidamente gli occhi al cielo, dove di nuovo vide un altro prodigio, cioè una croce fatta pur di stelle con queste parole intorno: in hoc signo vinces. In questo segno tu sarai vincitore. Animato l'imperatore da queste taciturne parole del cielo, pochi giorni dopo ritorna a uscire in campo contro i Bizantini e ottenutane un'illustre e segnalata vittoria prese ancor Bisanzio. Dopo questi celesti prodigi, cominciò la croce ad esser tenuta in maggior venerazione e honore. Qualunque tu ti sia, o huomo, che dalle tue proprie miserie sei turbato, alza la faccia, risguarda il cielo e leggi quella divina esortazione fattati da Dio per tuo conforto con quelle belle parole. Procura di vincere sempre te stesso, fatti amico Dio con l'orazione, e facilmente vincerai tutti i nemici che ti si faranno incontro. Quivi S.Agostino con molta sollecitudine ti avvisa e ricorda che non ti venisse forse in mente di lamentarti con Dio e dirgli: (Signore quelli sperarono in voi e li liberaste, io ancora sperai in voi e mi abbandonaste. E così indarno vi ho creduto e in darno fu scritto il mio nome appresso di voi e il vostro in me). Perchè questo ne sà d'orazione nè di mortificazione, ma piuttosto d'un empio e sacrilego rinfacciamento contro Dio. Ma tu, se hai cervello, dì piuttosto ciò che il medesimo S.Agostino ti suggerisce, cioè: (Voi Signore siete il mio Re e il mio Dio, Voi siete sempre lo stesso poichè non vi siete mai mutato. Io vedo che i tempi si mutano, ma il creator dei tempi non si muta. Voi mi solete condurre, voi mi solete reggere e voi siete quello che mi solete dare aiuto). Voi Signore siete fatto il nostro rifugio perchè nascessimo non essendo. Voi, il nostro rifugio, perchè essendo mali di nuovo rinascessimo. Voi il nostro rifugio per cibare chi vi haveva abbandonato.

Voi rifugio per sollevare e indirizzare i vostri figliuoli: Voi siete fatto il nostro rifugio. Non ci partiremo mai da voi, poichè voi ci havete liberato da tutti i nostri mali. Ci date dei beni e ci fate carezze perchè non ci stanchiamo per la via. Ci riprendete, ci date, ci percotete, c'indirizzate perchè non andiamo fuori strada. O ci facciate dunque carezze perchè non ci stanchiamo, o ci castighiate acciocchè camminiamo bene; Signore voi siete fatto il nostro rifugio. Così la Pazienza insegna a far orazione. Ottimamente disse S. Chrisostomo: (L'orazione è il premio delle calamità, e il digiuno è quello che aiuta l'orazione). Quegli fa un'efficacissima orazione che con una continua mortificazione sacrifica se stesso a quello che egli prega.

CAPITOLO IV

Come l'afflizzione insegna la prudenza e la modestia

Vi fu un gentil'huomo Cesarmontano in Fiandra degno veramente di ogni lode. Questo dovendo condurre alle scuole un suo figliuolino per imparare le prime lettere, per comportarsi come un Padre serio e prudente, cominciò la cosa in questo modo. E prima fingendo di voler portare via un presente al maestro, si mise sotto il mantello un fascio intero di verghe, e poi disse al figliuolo: horsù figlio vieni quà, che io ti voglio menare alla scuola. Era allora Rettore delle scuole un grande huomo chiamato Nicolò Steeger. A questo presentatosi all'hora innanzi il detto huomo insieme col figliuolo, così cominciò a dire: io Signor maestro vi consegno questo mio figliuolo per insegnarli e lettere e buoni costumi e alla vostra cura il più che posso lo raccomando. Che se non si porterà bene, vi prego a castigarlo come conviene e a non risparmiare con lui le verghe, e dicendo questo si mandò giù il mantello e gli diede un buon mazzo di verghe aggiungendovi ancora una promessa molto liberale, con dirgli che finite che fossero quelle, gliene havrebbe portate dell'altre. E questo è allevare i figliuoli seriamente e da dovero, acciocchè poi siano ben creati e facciano buona riuscita. Racconta questo il P.Fr. Filippo Bosquier famoso predicatore dell'ordine di S.Francesco, che ancor egli in quel tempo andava alla medesima scuola. Salomone discorrendo dell'indole puerile dice così: (La stoltezza è attaccata al cuore dei fanciulli. E la verga della disciplina ne la caccierà via). Christo N.S. come primo e sapientissimo maestro, che sà molto bene quale sia l'indole nostra, per farci lasciare le cose puerili e per levarci l'insolenza nostra, non perdona alle verghe poichè castiga molto bene quegli che si piglia per figlio. Anzi come dice l'Ecclesistico: (Gliene dà spesso qualche rimenata). Et a quei figli che in questa maniera sono flagellati, ne risulta questo bene e questo giovamento, che con la verga della disciplina si leva loro dal cuore quella pazzia che ordinariamente vi sta attaccata. Et a questo modo imparano la Prudenza e la Modestia ossia l'Humiltà come hora mostreremo.

§.1. La Prudenza

E primieramente la tribulazione ci insegna la Prudenza. Il Profeta Ezechiele vide un animale maraviglioso che haveva la faccia di quattrro animali, d'huomo, di leone, d'aquila e di bue, e havendolo poi veduto un'altra volta, osservò che in cambio di quella faccia di bue havea la faccia di un Cherubino. Che cosa vuol dire questo? Che ha da fare un Angelo e un Cherubino con un bue? Ma tu dirai forse che quello non fu lo stesso animale ma un altro. Anzi fu lo stesso. Lo dice lo stesso Ezechiele: (Egli è quello stesso animale che prima havevo veduto appresso il fiume Chobar). In che modo adunque quella faccia di bue si mutò in faccia di Cherubino? Cherubini in lingua hebrea significa lo stesso che maestro o moltitudine di cognizione e di scienza. Ecco la cosa; hor dichiariamo il mistero. Il bue appresso agli antichi fu simbolo della fatica, di cui questo animale è pazientissimo, poichè s'attacca ai cocchi, alle carrozze e all'aratro per arare e per tirare; anzi è buono ancora per battere il grano, vera immagine di un huomo laborioso. Ma a questo bue lo spirito divino dà una faccia di Cherubino, per mostrare che egli è un precettore e un maestro di molta esperienza. E la ragione sentila dall'Ecclesistico: (L'huomo che provato molte cose, insegnerà ancora come s'hanno a intendere). Loda in questo luogo l'Ecclesistico quell'esperienza che si è acquistata dalle molte tribulazioni, poichè essendo egli ottimo interprete di se stesso, dice: (Chi non è stato mai tentato, che sà?). Da queste cose si cava chiaramente che l'afflizzione non solamente è la madre della felicità eterna ma ancora della cristiana Prudenza. L'afflizzione ti mette in mano la torcia della sapienza. Confermando ciò con il suo esempio l'Ecclesiastico dice: (Ho imparato molte cose errando). Alcune volte mi son posto a rischio della vita per cagione di queste cose; cioè mentre andava cercando la Prudenza. Ecco come la faccia di Cherubino fa sparire quella di bue. Ecco come la prudenza accompagna l'esperienza cavata dalle tribolazioni. Da quelle cose che uno patisce comincia a conoscere tanto se stesso quanto gli altri e Dio ancora; mentre pensa alla vanità delle cose caduche, alla varietà dell'ingegno humano, all'incostanza e mutabilità della fortuna agli innumerabili inganni che ogni giorno si fanno, e alle infinite miserie e stragi che continuamente occorrono. E di quà impara a poco a poco a riprovare il male ed appigliarsi al bene. Chi non è stato molte volte ben pettinato, come lana, che cosa sà, se non stare in ozio e darsi spasso? Et è ancor verissimo quello che disse Seneca: (Nelle cose austere habbiamo più cervello, nelle prospere lo perdiamo). Giob proponendo una questione molto seria così dice: (La Sapienza dove si trova e dov'è il luogo dell'intelligenza?). E si risponde in questa guisa: (Non sà l'huomo quanto ella valga, ne si trova nel paese di coloro che si dan bel tempo). Certo che quella sapienza pratica, che mostra col dito, quanto valgono le cose caduche e transitorie e quanto l'eterne, non si ritrova in quelle case che sono grasse e abbondanti, dove ogni giorno si fa carnevale; quivi l'incuria, la stoltezza e l'infamia sono sempre vicine all'abbondanza e all'opulenza. E certo che cosa si può trovare più pazza che il ralleggrarsi di un guadagno di cose vilissime e perdere gli eterni beni? S.Gregorio confermando questo dice: (Tanto sono più veramente pazzi, quanto che perdendo cose grandissime, si vanno rallegrando nelle minime). Quello che Seneca disse della virtù, lo stesso si può dire di questa stessa Prudenza: (E' una certa cosa sublime, reale, invitta, infaticabile, non ha sazietà, nè pentimento, è immortale). La troverai nel Tempio, nel foro, nella Curia, fra le muraglie, tutta piena di polvere e con i calli alle mani. E Salomone ripieno di migliore spirito dice: (La Verga e il Castigo danno sapienza).

A Tobia il fiele di un pesce guarì la cecità degli occhi. La grande amarezza della calamità, simile appunto a quella del fiele, è un nobilissimo e sicurissimo rimedio per restituire la vista a coloro, che non vedono quanto questa nostra vita sia misera, breve, piena d'errori e di miserie, sempre vicinissima alla morte, cha da un momento all'altro sta per finirsi, e quanto sia meglio a cercar con ogni sollecitudine e travaglio quell'eterna che mai finisce. Per levar dico questa nuvola dagli occhi, non vi è che il più potente e il più salutevole rimedio dell'Afflizzione. Poichè l'huomo afflitto e travagliato si ritira tutto in se stesso e spesso va dicendo: ecco come il mondo è fallace. Questo è il premio che ti dà, questi presenti suol fare il mondo a chi lo segue: questo desideravi, già l'hai trovato, tientelo pure, tu te lo sei impastato e tu te lo mangi. Hor non t'avvedi, poverello, che puzza e che amarezza lascia dopo di sè il brutto piacere? Il quale presto ti sazia e ti annoia e subito dopo quel primo impeto marcisce e spesse volte ancora, quando più diletta, all'hor s'estingue. Hor non credi ancor all'esperienza, che così evidentemente te lo dichiara? Sin'hora ti pensavi d'esser un Achille, o qualche altro invincibile campione, che ardivi poco meno di sfidar a campo aperto tutte le avversità del mondo. Ma a quel che io vedo, tu sei tale, che toccato appena, caschi in terra o volti le spalle. Tu dunque sei quell'huomo magnanimo e paziente, quell'huomo così forte e così costante, che giuravi insieme con Pietro di voler star saldo anche alle prigioni e alla morte e hora da un leggerissimo soffio sei gettato a terra e veduto appena il nemico te gli arrendi? Queste parole e simili dice a se stesso l'huomo quando è afflitto. Vedete di grazia come questo fiele dell'afflizzione risana il mal d'occhi, come gli restituisce il lume e fa loro buona vista? Geremia Profeta conferma questo istesso chiarissimamente con queste parole: (Mi mandò dal cielo il fuoco nell'ossa e ammaestrommi molto bene). Quindi è ch'è verissimo quel detto di S.Gregorio: (Gli occhi che son chiusi dalla colpa, sono aperti dalla pena). Di qui è ancora che Geremia disse che le miserie erano poca cosa. Io sono un uomo che riconosco molto bene la mia povertà quando il Signore mi castiga. Signore voi mi castigaste e ho imparato a spese mie, come un vitello indomito. Poichè voi siete il mio Signore Iddio. Spesse volte noi siamo miseri e miserabili, e quello ch'è più misero di ogni miseria, non sappiamo di essere miseri e teniamo per nemico capitale chi ci dice che siamo miseri. Et in questo siamo simili a coloro che dicono ostinatamente che non s'è altrimenti attaccato il fuoco alla casa loro, finchè stanno in questa credenza di poterlo estinguere di dentro segretamente. Ma come la fiamma comincia a viva forza a uscire per le finestre e arriva al tetto, allora finalmente si chiama in aiuto il vicinato. La cosa non si può dissimulare e lo stesso incendio parla. Così facciamo noi altri, che allora mettiamo cervello nelle avversità, quando da dovero si fanno sentire ne si possono più nascondere. E così la sola afflizzione fa che l'udito intenda. Poichè come dice l'Ecclesiastico: (Chi punge un occhio, ne cava le lacrime, e chi punge il cuore ne cava quel che sente). Se alcuno è villanneggiato o ingiuriato all'improvviso, o se quando manco l'aspettava gli sopravviene qualche gran calamità. Questo è il tempo di far esperienza di se stesso, qui si vede quanto sia mansueto colui che da sì repentina miseria è stato percosso; quanto sia paziente, quanto modesto e umile. E benchè talvolta impunti un poco e paia che vada titubando, nondimeno se ha cervello, subito si ravvede e punto riacquista il senso, mostra la sua sapienza, esercita la masuetudine e dà esempio di modestia. Poichè come dice l'Ecclesiastico: (I castighi, le riprensioni si devono sempre ricevere con sapienza). Tutti i libri di Seneca spirano non so che del Divino e si dovrebbero scrivere in tavole di cedro e a lettera d'oro. Nondimeno pare che fra tutti tengano il primo luogo quei che scrisse dall'esilio ad Heluia sua madre. Tanto più fu il cervello che hebbe questo savio Romano e tanto più seppe quanto meno hebbe alle mani ciò, che'l potea in quel tempo consolare. E così i discepoli nella Scuola della Pazienza vanno sempre facendo profitto; e coi castighi diventano più prudenti e savi poichè le sferzate mettono più cervello. Così ancora il pescatore dopo ch'è stato punto dallo scorpione impara a sue spese e più scaltro ne diviene. Raccontano d'un pescatore, che troppo avido della preda mise troppo presto le mani nella rete, e fu punto da uno scorpione, onde disse: per l'avvenire non ficcherò così presto le mani nella rete, e saprò benissimo che cosa sia l'esser punto. Non altrimenti habbiamo da discorrere noi altri. Poichè quando ci accorgeremo di haver peccato d'impazienza dopo che sarà passata la calamità, rivolti subito a noi stessi diciamo: (o bufalo selvaggio e impaziente, come ti sei portato in questa afflizzione? Come sei stato delicato e impaziente? Eri tanto infuriato che pareva che tu volessi tirar giù la luna dal cielo). E' forse questa la pazienza cristiana? Così aspiriamo al cielo e ci spaventiamo anche di una leggera puntura d'ago, e non vogliamo patir cosa alcuna benchè leggerissima? Onde per l'avvenire ti porterai meglio, e havrai più a cuore e a memoria la Pazienza.

§.3.Tormenti e delizie eterne

Iddio diede la legge a Mosè, tra tuoni e fulmini, mentre mugghiava e balenava il cielo. Per significarci che non dobbiamo mai stare così attenti alla legge di Dio se non quando cascano sopra di noi i fulmini delle calamità, e quando siamo battuti dalla grandine di diverse miserie e tribolazioni. Poichè allora stiamo molto attenti, con le orecchie tese, e promettiamo liberalissimamante di far ogni cosa. Fà adunque adesso, che sei sano, quello che promettevi di fare quando eri infermo. Perchè se Dio si mostra così teribile quando dà la legge che si deve osservare, quanto sarà più formidabile quando ne domanderà conto se l'havremo osservata? Hor qui io voglio fare una domanda. Quante volte di grazia meditiamo noi attentamente le celesti delizie e quegli eterni piaceri; quante volte ci mettiamo da dovero a pensare a quelle ardenti e ultrici fiamme dell'inferno? Ahimè molto di rado e di passaggio. Poichè dunque noi non ci mettiamo quasi mai a pensare da dovero a queste cose che ci sono così utili e salutari, Iddio benedetto, havendo compassione di questo nostro poco pensiero, dandoci da pensare queste cose nella Scuola della Pazienza: attendi quà, ci dice, o huomo e pensa un poco che se una infermità, che alla fine non è tanto grave, ti dà tanto tormento, che ti faranno quei dolori eterni dei dannati? Se talvolta dolendoti solamente un dente, t'affligge tanto giorno e notte che ti fa divenire quasi pazzo; che sarà il verme della coscienza, e come incrudelirà contro quei disperatissimi cattivi? Se la podagra, se il mal di pietra, se un dolore colico danno tanto tormento a un huomo, che pur si riposa in un letto delicato e molle, come tormenterà quel fuoco eterno e quella sempre inestinguibile fiamma? Ah pensa, pensa un poco, che tutto ciò che al presente patisci è una punturella d'ago ben piccolo, è una merissima baia ciò che hora ti tormenta. Ma chi sarà di noi che possa per sempre habitare in quel crudelissimo fuoco e in quegli ardori sempiterni? Noi altri ci diamo qualche volta ad intendere, e ci persuadiamo alcune cose, che non stanno a martello, con dire: non posso più sopportare costui, non lo posso più patire, non posso più durare a queste botte. Dimmi di grazia huomo da bene: e come potrai soffrire la compagnia di tutti i dannati e di tutti i Demoni dell''inferno? Come sopporterai quei continui e crudelissimi tormenti? Se Dio castiga a questo modo qui, dove c'è speranza di perdono? Come castigherà dove non vi è speranza alcuna di misericordia? Ogni volta dunque, che ti occorre qualche cosa contro tua voglia , che ti dispiace e ti fa male, pensa un poco e dì a te stesso: eccoti una mostra e un saggio dell'inferno, ma dipinto; eccoti un esempio di quelle fiamme, ma molto miti e infinitamente men crudeli. Altra cosa sono i fuochi che di là seppelliscono e tormentano i cattivi: tutto ciò che tu patisci è molto dolce e soave rispetto a quegli eterni supplizi. Adunque mentre hai tempo impara a mettere cervello e ad intendere. Desiderando questo stesso l'Ecclesiastico disse: (Chi aggiungerà i flagelli sopra il mio pensiero?). Poichè il sentire solamente queste cose è poco (e chi è quello che non le senta?) se non pensiamo ancora che questi nostri dolori comparati con quelli eterni sono brevissimi, e se non confessassimo ancora che alla fine tutti i nostri tormenti e le pene che patiamo, rispetto a quelli, non sono altro che ombra e sogni. Ma siccome Dio nella Scuola della Pazienza ci dà ad assaggiare le lacrime dell'Inferno, così ci dà ancora a gustare le delizie della felicità eterna. Perchè un huomo di buona mente dopo haver provato tante molestie e miserie, tante mestizie e tanti dolori dirà gemendo con S. Paolo: (Siamo stati assai gravati e tribolati e tanto che ci rincresce ancor di vivere). Che ne segue appresso? A voi, Dio mio, con tutto il mio cor sospiro; la vostra casa è assai sicura e molto grande, dalla quale stanno molto lontani i tedi, le miserie, i dolori e le rovine; ivi non vi è nè infermità, nè morte, ivi sono sincerissimi ed eterni gli spassi e i piaceri. Per il contrario qui appresso di noi non vi sono altro che meri tedii e merissime mestizie, ogni cosa è piena di pianto e di dolore. Laonde Signor mio rovinate hormai, se pur così vi piace, e gettate a terra questo picciolo tugurio del mio corpo, non me ne curo niente: vada pur questo a terra, purchè io me ne venga a voi. Già mi sono lamentato abbastanza lungo i fiumi di questa amara Babilonia, già la mia cetera se stà da un pezzo sospesa ai salici, ne più si fa sentire, penso solamente alla celeste Sione a voi Dio mio, con un infaticabile desiderio mi sento rapire. Hor questo è sapere e questo è intendere. Et a questo modo la Scuola della Pazienza c'insegna la prudenza.

Ne solamente la Scuola della Pazienza c'insegna la Prudenza, ma c'insegna ancora la Modestia e l'Umiltà. Chi non impara l'humiltà in questa Scuola non l'imparerà altrove. Comandò una volta Iddio a Mosè, che si mettesse la mano in seno, ve la mise, ma quando la cavò fuori la trovò tutta piena di lebbra. Che nuovo prodigio è questo? E perchè non fece qualche altro miracolo che almeno non fosse così schifoso? Theodoreto risponde a questa domanda dicendo. (Volle Iddio avvertire Mosè che dovendo egli esser la guida e il Capitano che guidasse e conducesse un così gran popolo, non si havesse insolentemente insuperbire ma si bene ad humiliarsi. Perchè dunque non se l'avesse a baciare e venerare come s'ella fosse quella che facesse quei miracoli, gliela fece cavare fuori tutta lebbrosa, acciocchè Mosè dopo haver fatto tante opere così stupende dicesse nondimeno: non fu la mia mano no, ma si bene Iddio che ha fatto tutte queste cose). Alessandro Magno quando se ne andava per l'India facendo guerra a gente che neanche dai popoli vicini era troppo conosciuta dando il guasto a tutti questi paesi, mentre assediava una certa città e andava attorno alle muraglie per vedere dove fossero più deboli, fu con una saetta ferito, perseverò nondimeno a far il fatto suo e a finire quel che aveva incominciato. Di poi, dopo essergli stagnato il sangue, e raffreddato un poco, gli cominciò a crescere il dolore della ferita, onde instupidendoglisi a poco a poco la gamba e sforzato a fermarsi, disse queste parole: (Adunque Alessandro tu ancora sei huomo che poco prima ti pensavi esser un Dio). Ecco come facilmente nella Scuola della Pazienza impariamo a calar l'ale e abbassar le creste, ognuno che qui viene ad imparare, purchè del tutto non sia indocile e un pezzo di stucco, parla di tutte le cose sue in questo modo: io per grazia del Signore ho della robba, son da molti favorito, ho grazia nel trattare, son di grand'autorità, sono lodato e honorato e arrivo fino al cielo. Ma ohimè quante volte vò [strisciando] serpendo per terra? Quante sono quelle cose che mi dicono ch'io sono huomo? Di quà pensieri, di là infermità, da un'altra parte infinite miserie mi molestano, e tutte queste cose che altro fanno se non dirmi ad alta voce ch'io sono un huomo fragile, mortale e esposto a tutti i mali? Elegantemente S.Chrisostomo discorrendo di questo mondo inferiore dice: (Iddio non solamente fece questo mondo così grande e maraviglioso, ma lo fece ancora corruttibile e che non durasse sempre. Quello ch'ei fece negli Apostoli, questo ancora fece in tutto il mondo. E che fece negli Apostoli? Perchè facevano molti, grandi e stupendi miracoli, perciò permise ch'essi fossero continuamente flagellati, scacciati, messi in prigione, afflitti con malattie, lapidati, crocifissi e che patissero continue tribolazioni). Acciocchè quei che facevano tanti miracoli oltre l'humana condizione fossero sempre tenuti per huomini e non per Dei. E perciò gli Apostoli che guarirono l'infermità degli altri, s'infermarono ancor essi; risuscitarono molti morti ed essi non si liberarono dalla morte. Di che ci meravigliamo? Habbiamo un tesoro in vasi di terra fragilissimi, che con toccarli un poco subito si spezzano. Quindi è che alcuni degli Apostoli se ne stettero quasi sempre infermi. Poichè a Timoteo si concesse un poco di vino: (per rispetto dello stomaco e delle continue infermità che pativa). Trosimo viene lasciato infermo a Mileto (amala fino a morte [l'infermità]). E che razza d'Apostoli, dirà forse qualcuno, sono questi, che in cambio di star in pulpito a predicare se ne stanno a letto infermi? Ma sappia pure costui che nella Scuola della Pazienza tutti gli homini più santi e anche gli stessi Apostoli hanno da imparare prima d'ogni altra cosa l'Humiltà. Dice S. Bernardo: (A questo modo, dice questo Santo, con gli stimoli della carne si reprime la superbia di Paolo; in questa maniera l'infedeltà di Zaccaria si castiga con legargli la lingua, A questo modo si approfittano i santi per la gloria e per l'ignominia, mentre tra i singolari doni che ricevono sentono tentarsi dalla comune vanità degli huomini acciocchè mentre per grazia vedono d'haver qualche cosa suprahumana, non si scordino di quel che sono. Perciocchè si come il medico non si serve solamente dell'unguento ma adopera ancora il fuoco e il ferro, col quale taglia e abbrugia tutto quello che in sanar la ferita per sorte crescesse, per non impedire la sanità che dall'unguento procede. Così Dio medico dell'aniuma le procura delle tentazioni, e le manda delle tribulazioni acciocchè da quelle afflitta e humiliata converta in pianto l'allegrezza sua).

Vengaci dunque qualsivoglia cosa da patire, sottomettiamoci in tutte le cose alla divina mano. Ne vi sia alcuno che dica: io non ho meritato cose così gravi, non ho colpa alcuna e patisco a torto, perchè queste parole sono empie e pessime. Migliori assai di queste altre: io patisco giustamente quel che patisco, perchè sono castigato conforme ai meriti, e se ben mi paresse che in questo tempo e per questa colpa non dovessi essere così rigidamente castigato, nientedimeno la verità è che mille volte ho meritato questo male. E così non sono mai castigato ingiustamente ne a torto ma si bene sempre per il bene e l'utile mio, perchè a questo modo faccio prova di me stesso e imparo a conoscermi. E sentenzia l'Ecclesiastico: (Un huomo di molta esperienza penserà sempre a molte cose). Quel terrore dei Romani, Annibale, come dice Suida, se ne stette diciassette anni in campagna, allo scoperto, praticissimo Capitano per tante guerre che fece, e non senza ragione si gloriava con dire: già l'età m'ha condotto alla vecchiezza e le cose che mi sono successe, hor prospere hor contrarie, mi hanno talmente ammaestrato che io voglio seguire piuttosto la ragione che la fortuna. Ne temerariamente considera l'incertezza dei casi chi non è dalla fortuna mai stato ingannato. Io, ricordevole dell'humana fragilità, considero la forza della fortuna e sò che tutte le cose che noi facciamo son soggette a mille casi. Che se Dio desse alle prosperità ancora una mente buona, non considereremmo solamente le cose che fossero avvenute, ma quelle ancora che potevano avvenire: ed io servo per un sufficiente esempio in tutti i casi. Siami dunque lecito esclamare con Secondo: (O quanto giova l'esser arrivato a godere le prosperità per mezzo delle avversità?). Ma, oh quanto è cosa da Cristiano e conveniente alla modestia l'haver conosciuto di non esser castigato a torto nelle avversità. I fratelli del Vicerè d'Egitto, erano accusati di furto (come dicemmo di sopra) poichè era lor detto in faccia: (La coppa che voi havete rubato è quella dove beve il mio Signore). Havrebbero potuto dire essi, non siamo ladri altrimente, ne ci conviene questa calunnia che voi ci date ma ne siamo totalmente innocenti. Ma piano, o galantuomini, ricordatevi un poco bene di quello che havete fatto, ch'è più assai che se ne haveste rubate mille di coppe: voi siete Plagiarii e havete rubato lo stesso Giuseppe e lo rubaste già sono ventitre anni non ve ne ricordate? Questo è un grande e vergognoso delitto degno d'ogni gran castigo. A questo passo i fratelli di Giuseppe, con tutto che fossero huomini rozzi e grossi, confessarono ingenuamente ch'era il vero dicendo: (Iddio è stato quello che ti ha scoperto il nostro peccato, però eccoci tutti per schiavi del nostro Signore). Ma bellissimo ancora è quel che dissero a nostro proposito: (Meritatamente patiamo queste cose perchè peccammo contro il nostro fratello). Così parli e senta ciascuno di noi ancora in tutte le avversità; meritatamente patisco queste cose, non mi si fa torto alcuno perchè l'ho meritato molto bene. Nella Scuola della Pazienza, il principio, il mezzo e il fine è l'humiltà. Senza humiltà non si impara niente, non si tiene a mente niente, ne si fa profitto alcuno. Per impararla, prima di tutte l'altre cose, pensiamo spesso a quei beatissimi giorni nei quali tra gloriosi trionfi canteremo quel verso: (Ci siamo rallegrati per quei giorni che voi Signore ci humiliaste e per quegli anni nei quali patimmo tante tribulazioni). Quelli che Dio non affligge in questa vita, o li odia, o come pigri e infingardi e poco atti a imparare, li passa senza farne conto alcuno.

CAPITOLO V

Come l'afflizzione è utilissima in molti modi

Havendo il Real Profeta David ricevuto infiniti benefici da Dio, ne volendone morire ingrato esclamò dicendo: (Mi giovò assai, Signore, l'havermi voi humiliato). Ma perchè di grazia si scorda dei benefici più grandi? Perchè non lo ringrazia d'haver cambiato il bastone pastorale con lo scettro, il cappello di paglia in una corona reale, d'esser passato dalle pecore a un trono e da povero pastore divenuto un Re potente? Questi si che sarebbero stati degnissimi di un grandissimo ringraziamento. E certamente che il Re david non s'era scordato di questi benefici, anzi li teneva per singolari e grandi e massime che Dio da pastore lo havesse fatto Re , ma tenne per molto maggiore quest'altro, che di Re l'havesse fatto mendico, come fu veramente quando fuggiva da Absalone suo figliuolo. Questo gli parve il maggior benefico di quanti ne haveva ricevuti e di questo ringraziandolo quanto poteva, gli diceva queste parole:

Dica pur quanto si voglia Giuseppe al suo Faraone: Bonum mihi, quia exaltasti me.

Dica Ruth al suo Booz: Bonum mihi quia ditasti me.

Dica Ester ad Assuero suo marito: Bonum mihi quia coronasti me.

Dica pur Mardocheo al medesimo: Bonum mihi quia honorasti me.

Dica Tobia all'Angelo: Bonum mihi quia illuminasti me.

Dica Naaman ad Eliseo: Bonum mihi quia mundasti me.

Dica quel zoppo a Pietro: Bonum mihi quia sanasti me.

Dica pur a sua posta Lazzaro a Christo: Bonum mihi quia ad vitam revocasti me.

Che il nostro David, stimando questo per il maggior beneficio dirà sempre: Bonum mihi Domine quia humiliasti me. Buonissima cosa per me, Signore, fu l'havermi humiliato. Poichè questo mi è stato di più giovamento e però ancor più caro, che se havessi da voi ricevuto monti d'oro; ma perchè di grazia, fu questo così buono per il Re? Il perchè, egli stesso lo dice: (Per imparare la vostra santa legge e il modo che voi tenete in star giusti e santi gli huomini). Fin'ora non ho inteso bene, diceva egli, lo stile della vostra celeste Corte, nemmeno sapevo il vostro modo di procedere, ma hora ne son fatto Dottore nello studio e nella Scuola della Pazienza. Dove niuno è dotto che non sia humiliato. E però:Bonum mihi Domine quia humiliasti me. E meritatamente David ringrazia tanto Dio, non tanto per haverlo tanto esaltato, come fece, quanto per haverlo humiliato. Poichè l'humiliazione è una cosa utile più di qualsivoglia altra all'huomo, perchè come habbiamo fin'ora mostrato, gli insegna esattissimamente:

la Fortezza e la Fedeltà,

la Compassione e l'Astinenza,

l'Orazione e la Mortificazione,

la Prudenza e la Modestia.

Hora diciamo di più, che l'afflizzione è utilissima in diversi modi all'huomo, che non sia troppo impaziente, di maniera che è vero quel detto: (Quae nocent, docent - Spesse volte le cose che sono di nocumento ci sono di documento). Di che ce ne fa ampia fede Creso appresso Herodoto quando dice: (Le mie cadute e le mie disgrazie, benchè mi siano state ingrate, cioè benchè mi siano dispiaciute e l'habbia sentite assai, nondimeno mi sono state di grande ammaestramento).

Quae nocent, docent.

E come breve ed elegantemente dicono i Greci: (Con le bastonate si impara). E questo è quello che hora un poco più diffusamente andaremo provando.

§.1. L'acqua simbolo dell'afflizzione

Lodando Giob la maravigliosa provvidenza di Dio dice: (Che Dio tiene come legate l'acque nelle nuvole perchè non cadano tutte insieme in terra). Si appartiene alla Divina Provvidenza trattenere l'acque nell'aria e tenerle come in un panno involte nelle nuvole perchè non cadano. I vasi o le carrozze di queste acque sono le nuvole e i venti sono come tanti cavalli che portano questi vasi quà e là per tutto il mondo. Che se Dio lasciasse cadere queste acque tutte a un tratto in terra, sarebbe più il danno che l'utile che farebbero; ma perchè cadono a stilla a stilla e a goccia a goccia, fecondano con questo suo cadere a poco a poco tutta la terra. Dice Giob: (Se Dio tratterrà l'acque ogni cosa si seccherà, e se le lascerà andare sommergeranno la terra). Come appunto successe al tempo del diluvio che lasciate andare, vennero con tanta furia e in tanta copia che rovinarono ogni cosa. Così dunque fa Dio con la sua provvidenza, che tempera di maniera quella gran mole delle acque che, ne trattenendole sempre ne dà alle campagne quello che fa loro di bisogno, ne lasciandole andare tutte insieme sommerge ogni cosa, ma tiene la via di mezzo. L'Acque nelle scritture sacre sono simbolo dell'afflizzione. Quindi è che il Real Profeta disse: (Mi sono entrate fino all'anima). Cioè le tribolazioni e le afflizzioni mi sono arrivate fino all'anima. E si come Dio va di maniera temperando le pioggie al mondo, che ne il lor mancamento gli sia di danno, ne la copiosità, (se non quando vuol punire i peccati) così va talmente moderando tutti i nostri travagli e dolori che ne ci manchi esercizio, per non marcir nell'ozio, ne meno ci manchi ogni consolazione per non perderci ne venir meno. E questo fu quello che domandò il Profeta quando disse: (Signore non mi abbandonate del tutto). Non lo prega che non l'abbandoni, che non lo travagli e non l'affligga, ma lo prega solamente che non lo lasci del tutto come avrebbe meritato per i suoi peccati. Che se talvolta Dio manda una pioggia impetuosa, grande e repentina che paia che voglia rovinar la terra, s'ha da pensare che ciò avvenga per castigo. Ma tutto questo ancora per nostro maggior bene. E sarà cosa molto buona per noi quando Dio ci vorrà umiliare a questo modo, poichè: Quae nocent, docent. Vi sono alcuni alberi così tenaci dei propri frutti che non darebbero niente se non gli fossero tolti per forza. Di questa sorte sono le noci, le mandorle e le querce. E se qualcuno scrolla leggermente questi alberi come si fa con i peri e nelle prugne, non ne coglierà pur'uno, non dico solamente dei frutti, ma neanche una foglia. Però bisogna adoperarvi le pertiche, i bavoni e i sassi perchè ci diano a forza di percosse quello che non ci danno di buona voglia. Noi altri huomini ancora siamo simili agli alberi, i nostri frutti son le nostre azioni fatte con devozione; Iddio desidera e domanda di questi frutti non con asprezza, ne per forza, ma alla buona, cortesissimamente e di buona voglia. E questi ce li domanda un'infinità di volte: (Figliuolo honora il Signore e starai bene, e fuor di lui non haver paura di alcun altro. Figliuol mio non ti scordare della mia legge. Ascolta, figliuolo mio e piglia le mie parole acciò ti siano concessi più anni di vita. Osserva i miei comandamenti e vivrai. Figliuol mio dammi il tuo cuore e gli occhi tuoi stiano sempre attenti a non uscir mai dalla dritta via dei miei precetti). Ma perchè il nostro buon Dio con tutte queste sue preghiere spesse volte non ottiene da noi cosa alcuna, ne ci è verso che cada da questo [nostro] albero qualche frutto, è sforzato a tirargli dei sassi e sbatterlo bene con pertiche e con bastoni per haverne a questo modo i frutti che ne sperava. La coscienza spesse volte ci avvisa, ci avvisano i predicatori, l'Angelo Custode e altri, ma è tanto grande la contumacia e l'ostinazione di questo albero che neanche a questo modo vuol dare i desiderati frutti. Adunque albero mio tu non devi haver a male se poi sei mal trattato. Così fece Dio con gli hebrei: (Li diede in potere dei gentili e quelli che li odiavano furono i loro padroni. E i nemici loro furono quelli che li afflissero e furono molto ben umiliati sotto le mani loro). E questo acciocchè i travagli gl'insegnassero a procedere. Con che ragione adunque si può lamentare l'albero dei sassi e dei bastoni? S'egli desse di buona voglia ciò, che tanto giustamente gli si richiede, non haveria tante bastonate. Naaman lebbroso si sdegnò molto che Eliseo gli rispondesse così secco come a lui parve, e però sprezzato il Giordano determinò di tornarsene nella Siria. Ma i suoi servitori così placarono questo lor padrone dicendogli: (Signore, ancorchè il Profeta vi havesse detto che faceste qualsivoglia gran cosa, la dovevate fare, hor quanto più havendovi detto solamente che vi laviate e sarete mondato?). Indotto a queste ragioni si lavò nel Giordano come gli fu ordinato e mandò via la lebbra. O piacesse a Dio che ancor noi ci lasciassimo persuadere a questo modo! Lo stesso si dice ancora a noi per riacquistare la sanità non del corpo ma dell'anima: ancora Dio vi havesse ordinato qualsivoglia cosa la dovevate fare. Perciocchè è di tanta importanza la Beatitudine eterna che se ci fosse comandato che per qualche tempo dovessimo patire eziandio le pene dell'inferno, non ci s'havrebbe da pensare niente, ma subito senza veruna dimora e con ogni prontezza si dovrebbero patire quei tormenti purchè l'anima si salvasse per sempre. Anzi se l'eterna beatitudine non durasse più di cento anni si dovrebbe nondimeno patir piuttosto qualsivoglia cosa di quà per lo spazio di molti anni che perderla. E così parimente se l'inferno non havesse a durare se non per cento anni, ci metteria nondimeno più conto a patir di quà qualsivoglia gran cosa, che aspettar d'esser per quel tempo castigati di là. Hor quanto maggiormente dovremmo patir hora ogni cosa allegramente essendo che le cose che noi patiamo durano poco e passano in un momento, e dall'altra parte tanto il premio, quanto la pena che ci aspettano, sono eterni e durano sempre. Stimolando qui S.Chrisostomo la nostra pigrizia così dice: (Che dici o huomo sei stato chiamato a un regno com'è quello del figliuolo di Dio, e te ne stai tutto spensierato e ti stai grattando come un poltrone senza pensarci? E se tu havessi havuto da patire ogni giorno mille morti, non le dovevi tu sopportare tutte allegramente? E che cosa non faresti tu per guadagnare un principato?). Et hora per essere compagno nel Regno dell'Unigenito figliuol di Dio non ti esporrai fra mille spade e non ti getterai nel fuoco? E se tu facessi tutto questo non sarebbe tanto gran cosa.

§.2. La cenere della purificazione

Comandò una volta Iddio che si facesse un tale editto: (Raccoglierà un huomo mondo con ogni diligenza le ceneri della vacca che sarà stata sacrificata e le getterà fuori degli alloggiamenti in un luogo purissimo, perchè il popolo d'Israele l'habbia a custodire e conservare per farne poi l'acqua d'aspersione; perchè la vacca si bruciò per rimediare al peccato). Volle Iddio che si raccogliessero le ceneri per farne lisciva, non da qualsivoglia huomo, ma da un huomo mondo; ne volle che si gettassero in qualche luogo nascosto e immondo, ma che si riponesseero in un luogo mondissimo. Hor perchè tanto honore a queste ceneri? Per farsene acqua da purificare gli immondi. Quivi, o Cristiani, cedete un poco diligentemente quanto conto s'habbia a fare di questa lisciva, la quale è forte, non si può negare, ma è buonissima per levare le macchie. Non si trova alcuno fra gli huomini che sia senza macchia. Il Santissimo Giob dice: (S'io mi lavassi con l'acqua della neve e per la pulizia mi risplendessero le mani, nondimeno voi Signore mi ci troverete macchia , e sarà tale che i miei vestimenti stessi ne havranno nausea). Adunque Giob ancora s'ha da lavare? E che si dirà degli altri? Ma quello che al metallo fa il fuoco, la lima al ferro e il sapone al panno; questo fa l'afflizzione agli huomini: li purga e leva loro le macchie. Predicando il Profeta Daniele grandi calamità agli Hebrei, dice egli: (Saranno messi a fil di spada, saranno perseguitati a fiamma e fuoco, saranno fatti schiavi e saranno tutti derubati e assassinati. E perchè di grazia tanto male? Per essere nettati, purificati e mondati molto bene fino al tempo determinato; perchè poi verrà un altro tempo). Questa lisciva dunque della calamità ci purga molto bene dalle nostre macchie, e con essa siamo fatti bianchi e ben purificati. E così è vero che le bastonate ci giovano: Quae nocent, docent. Et è molto ben per noi che Dio ci humilii e ci travagli. Il beatissimo Re David diceva: (Signore mentre che la spina della mia colpa mi tormenta la coscienza , mi son convertito nella miseria del mio peccato). Gli pungevano talmente l'animo le spine del peccato che gli pareva d'esser come un riccio d'ogni intorno tutto trafitto di spine e di saette. Quindi è ch'era tanto grande il dolore che haveva nell'animo suo, che non glielo poteva far passare ne la dignità Reale, ne le ricchezze immense, ne quanti piaceri o spassi ritrovar si potevano. Tanto sentiva David d'haver offeso Dio e tanto si spaventava della bruttezza del peccato, che di molta buona voglia si vestì di un asprissimo cilicio, come se fosse stato un morbidissimo vestimento foderato di mollissime pelli d'Ermellini, si macerò con digiuni, pianse giorno e notte e mescolò le sue orazioni con continue lagrime, gemiti e sospiri. O se noi ancora guardassimo la bruttezza immensa del peccato con quegli occhi che la mirò David! Dio sia quello che ci dia una buona bilancia per vedere bene quale sia il peso dei peccati, ci parrà di niun peso e molto leggera qualsivoglia altra gran miseria e afflizzione, che pur havranno il lor fine, e ci parrà come una piuma rispetto a una gran montagna tutto ciò che di contrario ci avverrà in questa vita, ne ricuseremo questa lisciva ancorchè sia fortissima, perchè con quella ci leviamo le macchie dell'anima. E sarà molto ben per noi se Dio ci humilierà.

§.3. La probatica piscina

Era in Gerusalemme la Probatica Piscina , dove si lavavano le carni degli animali che si dovevano sacrificare. All'incontro di questa piscina vi erano cinque portici o loggie, sotto le quali vi stava una gran moltitudine di ammalati d'ogni sorte che aspettavano dal cielo la elemosina, la quale poi a un certo determinato tempo era loro portata da un Angelo che muoveva quell'acqua acciocchè il primo che vi fosse entrato dopo il moto dell'acqua ne ricevesse la desiderata sanità. Questo è un bel modello e un verissimo ritratto di questo mondo. Perciochè, che altro è il mondo che un ospedale pieno d'innumerevoli infermi? Hora per rimediare a tanti infermi venne dal cielo l'Angelo del gran consiglio e mosse l'acque. Et è cosa meravigliosa, che essendo in Gerusalemme tante acque pure, chiare e cristalline, nondimeno si compiacesse Iddio di mettere questo stupendo dono della sanità in un'acqua putrida, torbida e fangosa e ch'era tutta puzzolente e guasta dal macello, peli e sangue di tanti animali che in quella si lavavano. Non sarebbe egli stato meglio che questo miracolo si fosse fatto o nel fiume Giordano o in qualche altro posto più netto e odorifera fonte che in quel lordissimo e fetidissimo stagno? Vedete Cristiani, quanto siano differenti i giudizi di Dio da quelli degli huomini; Iddio vuole che l'anima si lavi non con l'acqua di Hierico o di Damasco o con altre odorifere o delicate, ma si bene in quelle ch'egli stesso ha intorbidito con la sua sanguinosa Passione, nel falso mare delle miserie e nel vasto oceano delle calamità. Questo è il nostro bagno, queste sono le nostre Terme, a questo modo ci laviamo. Ordinò Dio anticamente agli Hebrei che per mondare e purificare le cose immonde si servissero d'acqua mescolata o con cenere o con sangue. Nè con altra acqua si lava e purga mai meglio l'anima dell'huomo. Fontane di sangue vengono a noi dalle piaghe del Crocifisso, e le miserie continue di questa nostra vita ci somministrano ogni giorno una forte lisciva che è l'acqua passata per la cenere. A queste sorgenti ci conserviamo la sanità dell'animo; qui ci nettiamo dalle macchie; qui recuperiamo le forze. Ma non lascio ancora la Probatica Piscina. Essendo dunque entrato il Salvatore nel suddetto portico, vi trovò un grandissimo numero di infermi, ma di quanti ven'erano solamente uno ne sanò. Dirà qui alcuno: o come fu scarso il Signore in far benefici? Non è dubbio che con una minima parolina li havrebbe potuto sanare tutti, ma perchè di grazia restituì la sanità solamente ad uno? Forse per fare come faceva quella Piscina che non sanava se non uno alla volta? Ma questo è quello che noi cerchiamo. Per qual cagione Iddio, ch'è infinitamente misericordioso e potente, e si compiacque di dare virtù a quelle acque di sanare, non sanasse egli allora tutti quegli infermi? Perciocchè siccome il sole sparge e diffonde con gran beneficenza i suoi placidissimi raggi sopra innumerevoli persone senza alcun danno, così neanche lo stesso Creatore del sole patirebbe danno alcuno se liberasse molti insieme dall'infermità e miserie loro. Rispondo che il sole illumina con l'ameno suo splendore ogni cosa e soavemente comunica a tutte le cose la sua luce, purchè dalle nuvole non sia impedito. I peccati sono densissime nuvole con le quali si esclude il sole della misericordia, e piangendo Geremia per questo male diceva: (Havete frapposto fra di noi una nuvola che non lascia passare l'orazione). La moltitudine delle nostre colpe spessissime volte è la cagione per la quale non ci liberiamo da tutte le nostre miserie. Che Christo poi non sanasse se non uno, la Probatica Piscina ne potè forse essere la cagione perchè non ve ne trovò altro che fosse degno di quel beneficio. Ma fossero pure stati tutti puri, netti e innocenti perchè uno solamente recuperò la sanità? Rispondo di nuovo che così era espediente per loro, ed era assai bene per essi che fossero così humiliati. Non tutte le cose convengono a tutti. Vi sono molte migliaia di huomini che sono infermi i quali se fossero sani se ne andrebbero a gara all'inferno, ma stando infermi se ne vanno al cielo. E' verissimo dunque che spesse volte le bastonate ci giovano: Quae nocent, docent. Buon per te, buon per me o cristiano, buono per molti altri che Dio ci humilii. Sà molto bene il maestro quello che sia più espediente a ciascuno dei suoi scolari. Quante volte un'estrema calamità è stata un principio di salute? Quante volte un danno è stato la causa di un grandissimo guadagno? Perciò s'ha da dire spesso insieme con Temistocle, eravamo belli e perduti se non ci perdevamo. Son tenuti per beati i vermi della seta perchè hanno una casa di seta e vi lavorano molto riposatamente. Ma se miriamo bene la cosa come stà, troveremo che quello che noi chiamavamo casa è una sepoltura e che quei poveri vermi lasciano la vita in quel loro lavoro. Al medesimo modo accade molte volte che quello che il nostro desiderio giudica per utile e giocondo lo trovi poi dispiacevole e nocivo. Anzi si ha da tenere per cosa certissima che quando l'appetito nostro desidera tanto qualche cosa (se non ha direttamente per suo scopo Iddio) senz'altro vi sia peccato. Quindi è che Christo ci dà molte volte più liberamente quelle cose che più ci giovano. Et invitando tutti non alla gloria del mondo ma alla Scuola della Pazienza dice: (Se alcuno mi vuol venire appresso, neghi se stesso e pigli la sua croce e mi segua non già in qualche ameno e delizioso giardino ma si bene nel sordido e puzzolente calvario).

61

Volendo il Salvatore del mondo far un poco di mostra della gloria sua nel monte Tabor menò seco tre solamente dei suoi Apostoli che ne fossero consapevoli. Perchè non vi menò alcune centinaia di gentil'huomini Gerosolimitani, O almeno, perchè non vi condusse tutti gli Apostoli per vedere quello spettacolo? Sono molto diversi i giudizi e i consigli di Dio da quelli degli huomini. A veder Christo crocifisso in un monte Calvario vi fu ammesso un popolo iìmmenso, ma per vederlo glorioso e trasfigurato in un monte Tabor, a pena vi sono menati tre dei più diletti. Vuol dire che la Prosperità e il gaudio a pena ad alcuni pochi è di giovamento, dove la Croce e l'afflizzione giova a innumerabili persone. E però S. Bonaventura vuol piuttosto andare con Christo al monte Calvario che col medesimo al monte Tabor. E così è poichè: Quae nocent, docent. L'anno 167 in Roma M.Aurelio e Lucio Vero vollero, per far una mostra e un segno di pubblica allegrezza, che tutti i soldati andassero coronati di lauro. Ma vi fu un soldato cristiano che non volle metter altrimenti quella corona in capo ma la volle portare al braccio. Domandato per quale causa egli solo non facesse come gli altri in quel pubblico trionfo, rispose che non conveniva che un cristiano fosse coronato in questa vita. In difesa del qual detto tanto generoso Tertulliano compose quel suo libro de militis corona, nel quale con grande eloquenza si mantiene che il detto soldato fece prudentemente. E veramente non conviene a un cristiano coronarsi d'altro che di spine, poichè non fu coronato altrimenti il nostro capo. O come disdicono e come male si confanno insieme membri delicati e imbelletati e un capo tutto insanguinato e di pungenti spine trafitto? Ponderando S.Agostino quelle parole dell'Apostolo S.Giacomo: (Acciocchè non tollerassero con pazienza i mali temporali perchè fosse poi lor restituito ciò che habbiamo letto che ricevette Giob. Poichè egli fu sanato da quelle sue putride piaghe e gli furono restituite duplicate tutte le cose che haveva perduto. Perchè dunque non sperassimo una tal remunerazione quando patissimo mali temporali non disse: sustinentiam, et finem Iob audistis, ma disse: sustinentiam Iob audistis et finem Domini vidistis; come se avesse voluto dire: sopportate i mali temporali come Giob, ma non sperate per questa vostra sofferenza beni temporali che a lui ritornarono con aumento, ma sperate più tosto i beni eterni che il Signore vi ha preparato). Si ha dunque a patire di maniera che si speri di riceverne il premio là dove non havremo più da patire. Molti sono levati in alto perchè maggiore [sia] poi la caduta. Per il contrario Dio lascia che molti facciano qualche gran caduta per levarli poi più in alto, ivi si trova maggior tormento, quivi è maggiore il premio. Nelle divine scritture l'huomo giusto s'assomiglia spesse volte alla palma. Hor sentite ciò che dice il celeste ortolano: (Io dissi, salirò sopra la palma e coglierò i suoi frutti). O Signor Dio mio che bisogno havete voi di salire? Non vi basta haver lunghe le braccia per raccogliere questi frutti? E pure a voi è tanto facile il raccogliere i frutti che sono in cima, quanto quelli che sono da basso, ma considerate di grazia, la sapienza del divino consiglio, i frutti che sono da basso l'ortolano stando in piedi se li coglie tirando lentamente e a bell'agio i rami, ma per cogliere quelli che sono nella cima bisogna che salga sopra l'albero, che lo calchi col piede e talvolta ancora gli spezzi qualche ramo. Habbiamo detto che l'huomo vien assomigliato all'albero: i frutti di questo albero sono le devote e sante orazioni, i frutti della cima direi che fossero gli atti delle più perfette virtù, com'è una singolare Humiltà, una Pazienza illustre e una segnalata Carità. Per coglier questi frutti il celeste ortolano sale sopra l'albero lo calca coi piedi e gli rompe i rami. Quindi è che un huomo perde parte del suo denaro, un altro un poco d'onore, quello un appoggio di una amicizia, quell'altro perde un ramo del suo gusto e del suo contento. E così mentre l'ortolano ci calpesta a questo modo ne raccoglie i frutti più maturi. In questa maniera noi stiamo più sopra di noi, siamo più serventi alle opere buone e attendiamo di più alle devozioni. E così è verissimo quel detto che bene spesso si doce: Quae nocent, docent. Le cose che ci apportano dolore ci sono di giovamento.

§.5. La Grazia di Dio

Spesse volte Iddio ci concede la dovizia e l'abbondanza di tutte le cose non per altro se non perchè sentiamo tanto maggior dolore quanto più sono e più care le cose che perdiamo. Santo Bonaventura dice che il Paradiso terrestre perciò fu da Dio piantato acciocchè vedendosene i nostri primi Padri esclusi, ne sentissero maggior dolore, e venissero a questo modo ad odiare più e maggiormante detestare il loro peccato che ne li haveva cacciati. E però volle che Adamo sentisse quante gran cose haveva perdute per la colpa e che procurasse riceverne dell'altre per mezzo della penitenza, acciocchè havendo perduto il Paradiso con tanto maggiore sforzo aspirasse al Cielo. Così fa Dio ancora adesso e a questo modo ben spesso procede fin al dì d'oggi. Per esempio concede al alcuni padri un bel figliuolo, docile, ingegnoso, vivace, d'ottima natura che fra gli altri suoi coetanei passa in un tratto da una scuola all'altra con felicissimi progressi. Vien la morte e si coglie subito questa bella rosa e questo giovinetto di così grande speranza nel primo fiore dell'età sua si estingue. O che pianto fanno qui i suoi padri? E vanno dentro di sè rivolgendo cose che si vergognano a dirle fuori: perchè ci chiede Iddio questo figliuolo se così presto ce lo voleva levare? Non ci bastavano forse le afflizzioni antiche che ci ha voluto colmare di questo nuovo affanno? Ci doveva forse aggiungere ancora questo nuovo dolore? Si, padri miei cari, e per questo vi nacque questo figliuolo acciocchè morendo così per tempo v'accrescesse bene l'affanno e il dolore ma molto più della pazienza il premio. E forse che Dio non concesse ancora essendone pregato a quell'albergatore d'Eliseo un figliuolo, il quale ne fu però in breve dalla morte tolto? Il cauterio pare che sia una ferita e una piaga e nondimeno in verità è rimedio della piaga e della ferita. L'Afflizzione par che sia male ma spesse volte è rimedio del male; forse non sapete ancora che: Quae nocent, docent. Ma tu mi dirai: io son huomo e non ho il petto di ferro, ne di bronzo, ne d'acciaio e non posso sopportare sì gran dolori. Ma io ti prego a non voler dire così, perchè il maestro di questa nostra scuola sa molto bene la capacità di ciascuno dei suoi scolari, a questo dà cinque versi da imparare, a quello dieci e ad altri ne dà venti, alcuni vuole che imparino le carte intere, ad altri fa mandare a mente in un sol giorno ben lunghe orazioni. Egli conosce benissimo le forze e l'ingegno di ciascuno. Iddio è fedele e non patirà che siate tentati sopra le vostre forze, ma sarà ancora che dalla stessa tentazione voi caviate profitto. Senti uno che dice spesse volte: e in che modo questo huomo può patire così gran cose? Io per me non potrei patirle. La grazia di Dio è quella che gli dà forza, la quale se tu l'havessi potresti ancora tu quello che possono gli altri dei quali tu ti meravigli. Dice benissimo S. Chrisostomo: (Ivi si trovano le corone dove vi sono patimenti, perchè dov'è la tribolazione ivi è la consolazione, ivi la grazia). Dove non è afflizzione ivi molte volte non vi è neanche Iddio. Perchè come dice lo stesso santo: (Allora si purga l'anima quando è tribolata per amore di Dio?). Perchè la tribolazione reprime la superbia e taglia ogni pigrizia, prepara alla pazienza, scopre la viltà delle cose humane e introduce copiosamente la sapienza. E questo vuol dire: Quae nocent, docent. Con le bastonate s'impara. Sovvengati di Salomone: questi mentre fu tribolato, fu giudicato degno di quella visione, come poi si diede agli spassi e ai passatempi se ne precipitò nel baratro d'ogni malvagità. Che diremo di suo Padre, quando egli fu mai più mirabile e più glorioso? Non fu egli forse tale mentre che se ne stette nelle tribolazioni? Finalmente senti ciò che di sè e dei suoi dice San Gio. Chrisostomo: (Che stiamo noi a raccontare le cose antiche? Poichè se alcuno andrà bene esaminado le cose nostre vedrà quanto sia il guadagno della tribolazione. Perchè adesso che stiamo in pace siamo ricaduti e ci siamo lasciati andare e habbiamo riempito la Chiesa d'infiniti mali. Ma quando eravamo discacciati eravamo più modesti, più cortesi e più diligenti e pronti a venire a queste prediche e le stavamo a sentire con più fervore. Percioche quello che fà il fuoco all'oro, questo fanno le tribolazioni all'anime: leva loro le macchie, le purifica, le fa chiare e risplendenti. Questa via conduce al cielo, quell'altra all'inferno; onde questa è larga e quella è stretta. Per il che egli ancor diceva: nel mondo avrete dei travagli come se ci lasciasse qualche gran cosa. Per tanto se tu sei suo scolaro, va per la strada stretta e aspra, ne l'havere a male, ne te ne sdegnare perchè questa vita non si può passare senza tribolazioni e mestizia, ne si trova vita senza miseria. Tu non sei migliore di S.Paolo ne di S.Pietro i quali non si riposarono mai ma sempre patirono fame, sete e nudità. Se tu vuoi conseguire le cose ch'essi conseguirono, perchè te ne vai per la contraria strada? Se vuoi arrivare a quella Città, di cui essi furono reputati degni, và per quella strada, che ti ci mena. Poichè là non si và per la strada del riposo ma per quella della tribolazione). Il Popolo Hebreo tanto fu modesto, quanto fu tribolato e afflitto, e allora cominciò ad essere insolente quando cominciò a stare meglio. Dice S.Gio.Chrisostomo: (I Giudei mentre stavano occupati nella creta a fare mattoni erano mansueti e chiamavano continuamente Dio, ma dopo che hebbero la libertà mormoravano, onde fecero sdegnare Iddio, e si misero in innumerabili fastidi. Non ci perdiamo dunque nei casi avversi, perchè ci vengono per nostra correzzione). Si deve dunque replicar cento volte, habbi pazienza cristiano mio, sopporta pure tutte quelle cose che ti occorrono o che siano lunghi tedii o miserie gravi, sopportali pure, poichè: Quae nocent, docent. La tribolazione ti insegna.

CAPITOLO VI

Come ogni afflizzione e ogni Croce vien da Dio

Nella Scuola della Pazienza fu un ottimo discepolo S. Andrea Apostolo. Non vi fu mai scolaro alcuno che per desiderio d'imparare andasse così volentieri alla scuola come questi se ne corse alla Croce desideroso di patire, disse egli: (O buona Croce tanto tempo desiderata, sollecitamente amata, continuamente cercata e già al mio gran desiderio apparecchiata. Ecco che me ne vengo a te sicuro e allegro: pigliami pure dagli huomini e rendimi al mio maestro, acciocchè per mezzo tuo morendo volle riscattarmi). Si meraviglia S.Gregorio che S.Pietro e S. Andrea fossero così frettolosi in seguir Christo e così serventi nel patir per lui: (Noi altri con quanti flagelli siamo afflitti con quante e con che acerbe minacce siamo spaventati? E nondimeno non ci curiamo di seguire chi chiama. E dall'amore del presente secolo ne ci possiamo distogliere per precetti ne emendarci per percosse). Mira che razza di scolari indocili che si perdono nei primi rudimenti della scuola. E' sentenza di Aristotile: (Bisogna che quello che impara creda e habbia fede). Non vi è alcuno che facilmente presto e utilmente impari se non chi è prontissimo a credere. Che cosa dunque si ha da credere? Che ogni afflizzione, ogni miseria e ogni croce vien da Dio, e siasi chi si voglia che l'imponga. Et adesso insegneremo questo, che Dio è l'autore di ogni pena e d'ogni afflizzione e d'ogni male. Ne vi sia alcuno (io l'avviso innanzi) che per questo detto si offenda, poichè noi diciamo che Dio è autore d'ogni male, ma non già d'alcun peccato e questo è quello che andremo più copiosamente dichiarando perchè sopra questo fondamento s'appoggia tutta la dottrina della Pazienza.

§.1. Dominus abstulit

San Pietro, come valoroso difensore del suo Signore, per difendere Christo là nel monte Oliveto, mise mano alla spada e tagliò un'orecchia al servo del Pontefice, ma il Signore subito gli disse: (Rimetti la spada nel fodero , non vuoi tu forse ch'io beva il calice che mi ha dato il Padre mio?). Che cosa è quella che dite Signore, perchè date la colpa del vostro patire a vostro Padre? Non fu egli Giuda Iscariota, vostro discepolo, e non furono essi Anna e Caifa, non fu egli Pilato e Erode che vi diedero a bere questo così amaro Calice? Questi cinque furono gli speziali che vi fecero il decotto dell'assenzio, dell'aloe e del fiele amarissimo e vi composero questa amarissima medicina e da questi vi fu data. Che havete dunque (vi potrebbe dir S.Pietro) che dite voi Signore: Calicem, quem dedit mihi Pater. Senti Pietro risponde il Signore: questo calice mi viene da una amantissima mano. Non si può dir qui: non lo voglio bere, perchè mio Padre è quello che me lo porge. E benchè molte siano le cose che rendono commendabile questo Calice, come sarebbe a dire il rimedio del genere humano, l'espugnazione dell'inferno, l'accrescimento della Corte celeste, nondimeno quello che sopra tutte le altre cose lo commenda è la paterna mano. Da quella viene data amara, ma gioverà a innumerevoli persone questa bevanda. Così è appunto. Nessun huomo sarebbe mai stato al mondo che havesse potuto offendere Christo, neppure con una minima puntura di spina se l'eterna Provvidenza e Sapienza del Padre non havesse ciò determinato e non havesse Egli voluto che da Christo si patissero così crudeli e acerbi tormenti. Lo stesso Salvatore dice: (Come mi ha comandato mio Padre, così faccio). E altrove: (Non fu egli di bisogno che Christo così patisse?). Ogn'uno che intende bene la forza di questo argomento, ogn'uno che riconosce Dio per autore di tutti i suoi travagli e afflizzioni e crede con tutto il cuore che Dio sia quello che volse ab eterno e che adesso ancora vuole ch'egli patisca tutto quello che patisce, costui al sicuro, anche in grandissimi travagli, abbraccerà la volontà di Dio, gli bacerà la mano e dirà: tutto quello che io patisco mi viene dalla mano di Dio, egli ne è l'autore e perciò si ha da patire ogni cosa prontamente e volentieri. Questo tale imbevuto di questa verità (come pratico ve lo dico) non sarà mai vinto da nessuna miseria, ne da calamità o miseria alcuna. Poichè non gli potrà mai dispiacere, ne essergli ingrato quello che da così grata mano gli viene offerto. Di Christo, quando pativa, dice S.Giovanni:

(E portandosi egli stesso la Croce se ne uscì per andare al monte Calvario). Sibi baiulans, vuol dire che abbracciò la Croce e da questo Maestro l'imparò poi S.Andrea suo discepolo. Quello a cui il Principe dà a portare una lettera o qualsivoglia altra cosa, la bacia e le fa riverenza ancorchè per altro fosse forse mordacissima e amara. Così fece Christo, che abbracciò la Croce datagli dal Padre. Così ancora disse Giob: (Iddio mi diede questi beni). Ma mi pare che voi siate in errore huomo mio santissimo , perchè questo gran patrimonio che già havete perduto, lo riceveste dai vostri padri, queste ricchezze ve le siete acquistate con la vostra industria, e tanto bestiame ve l'haveste messo insieme col vostro ingegno. Non sono altrimenti in errore dice Giob, perchè nè la mia industria, nè i miei padri, nè l'ingegno mio mi diedero queste cose, ma fu il Signore che me le diede: Dominus dedit, il quale usando delle sue ragioni, perciò ancora me l'ha tolte perchè egli me le diede. Adunque: Dominus abstulit, Iddio è stato quello che ve le ha tolte?. Pare che dicendo questo si faccia un torto a Dio. Perchè tutto il bestiame se lo menarono via i Caldei e i Sabei, o se vogliamo haver riguardo a che ne fu cagione, Satanasso fu quello che si pigliò ogni cosa, perchè egli fu quello che mandò il fuoco dall'aria, egli mosse i venti, egli istigò i nemici alla rapina, egli gettò in terra la casa, e in sostanza Satanasso fu quello che fece tutto il male. Adunque Satanasso ancora fu quello che tolse ogni cosa. Ma Giob persevera nel suo primo parere e replica ben mille volte: Dominus abstulit, il Signore, il Signore me le ha tolte, quello stesso Signore che me le diede. Non furono i Sabei, non non fu Satanasso, non furono i Caldei no, che me le tolsero, ma il Signore me le tolse e ciò fece giustamente perchè egli ancora me le diede. Perchè se il Signore di sua spontanea volontà non havesse dato questa licenza a Satanasso nessuno mi havrebbe potuto pigliare neanche un minimo fiocco di lana. Adunque il Signore fu quello che gliele tolse. Perchè chi con un cenno può impedire che non si faccia una cosa e a bella posta non lo impedisce, egli è quello che la vuole. E così non si trova afflizzione , tentazione, male o calamità alcuna che non venga da Dio, dalla sua provvidenza e volontà.

Stando Christo per incominciare il suo digiuno Quadragesimale, è menato dallo Spirito Santo al deserto per esser ivi tentato. Così dice S.Matteo: (Allora Gesù Christo fu condotto dallo Spirito Santo nel deserto acciocchè fosse tentato dal Demonio). Lo Spirito Divino era quello che conduceva Christo per tutto a parlare, a predicare, a fare miracoli, nondimeno in un modo singolare si dice esser condotto dallo Spirito, acciò sia tentato. Che altro vogliono qui significare questi oracoli celesti se non che gli huomini che sono a Dio più cari, sono condotti alla Croce come con gli occhi bendati. Dico che siamo condotti a questo macello con gli occhi velati, perchè altrimenti a guisa di ferocissimi tori non vi ci potrebbero tirare. Ecco dunque che il figliuolo di Dio è menato al luogo della battaglia per essere impugnato. Che parole dunque son le nostre quando diciamo: il Diavolo m'ha portato innanzi costui, il Demonio mi ha procurato questa disgrazia, Satanasso m'ha tirato questa saetta. Siamo in errore balordi e ci inganniamo di grosso, queste son parole da pazzo e da empio, e si devono correggere in questo modo: Iddio me l'ha portato, Iddio me l'ha procurato, Il Signore me l'ha tirato. Perchè il Signore è quello che fa tutte queste cose. Mentre che Gedeone stava battendo e mondando il frumento, ecco che gli apparve un Angelo e salutollo in questa maniera: (Iddio sia teco valorosissimo Campione). A cui subito rispose Gedeone: ditemi di grazia, Signor mio, se il Signore è con noi come ci sono venuti tutti questi mali? Dove sono le sue meraviglie che raccontavano i nostri Padri? Hora ci ha forse abbandonati il Signore?. Perciocchè in quel tempo i poveri Hebrei si trovavano molto oppressi dai Madianiti. Ecco come l'ignoranza humana va ridicolosamente e malamente filosofando: se il Signore è con noi, come mai siamo così maltrattati? Come se questi mali e queste calamità non venissero da Dio come tutti gli altri felicissimi successi. E però gli soggiunse l'Angelo: (Và con la tua forza, che libererai Israele dalle mani dei Medianiti). Come se dicesse sappi che Dio non ha abbandonato affatto il suo popolo, ancorchè gli habbia mandato addosso questi suoi nemici. Iddio vi và tentando per vedere l'amore che gli portate. Così appunto ci manda Dio le infermità e mille altri mali, per eccitare verso di sè la confidenza nostra e acciocchè meglio ci conosciamo. E si come è lecito resistere a un nemico, così ancora è lecito resistere alle infermità (purchè non ci si faccia con rimedi illeciti) massime non sapendo noi quanto tempo voglia Dio che stiamo infermi. Se un carcerato trova aperta la prigione perchè non può fuggire? Questo non è rompere la prigione, ma è un non rifiutare un beneficio che gli si offre. E si come un sol custode basta ad haver cura di cento o duecento prigionieri che stiano in ceppi e in catene, ne vi è pericolo allora che alcuno se ne fugga ancorchè havesse le ali di Dedalo, ma se vi è qualcuno che limi la catena, rompa le prigioni e se ne scappi via non lo segue solamente uno sbirro, ma tutti gli vanno appresso per vedere di ripigliarlo. Così appunto s'ha da discorrere in questo nostro caso. Quelli che sono perseguitati, travagliati e molestati dai Demoni non s'hanno da contare per prigionieri ne per cattivi del Demonio. Quello è prigione, quello è cattivo che è legato dalla Lussuria, dall'Invidia, dall'Avarizia e dalla Superbia. Questi tali non sono perseguitati dal Demonio, perchè li possiede sicuramente come suoi. E quando alcuno di questi cerca di romper le catene e di fuggirsene, allora si sente contro Satanasso con tutti i suoi, allora è perseguitato e travagliato da molti huomini tristi e scellerati. A chi dunque potrà mai parere cosa mala l'haver molti nemici e molti che lo travaglino? Essendo certissimo che quelli che vogliono esser huomini da bene e servire Gesù Christo hanno da essere perseguitati. Faraone Re d'Egitto minacciò gli Hebrei e fece un giuramento di perseguitarli dicendo: (Per certo io li perseguiterò e li prenderò). E non disse questo quando li vedeva tutti immersi nel fango e travagliati, ma quando li vide fuggire. Lo stesso fanno i nostri nemici, mentre stiamo immersi nel fango dei vizi a pena ci danno qualche fastidio, ma quando cerchiamo di salvarci con la fuga allora ci si attraversano quanto possono e con crudeli e nemici assalti procurano almeno di atterrirci. Perciò l'Ecclesiastico avvisandoci dice: (Figliuolo, tu che cominci a servire a Dio, stà all'erta, conserva la giustizia e il timore di Dio e apparecchiati alla tentazione). Vuoi tu andare alla Scuola della Pazienza? Apparecchiati pure, non al riposo, non all'ozio, non al darti buon tempo, ma si bene a patire molte tentazioni. E che, no'l fai? Quei che imparano a giocare di [scherma] scrima, a cavalcare, lottare, o a far qualche altro esercizio militare non si mettono sopra qualche morbido piumaccio con un libretto in mano, ma a quello il maestro istesso di scrima gi dà spesso qualche botta. Quell'altro lo getta il cavallo, un altro il cozzone. Questi è gittato a terra dal suo contrario, quell'altro si rompe un gamba al salto, quegli lottando si torce un braccio, a questo vien rotta la testa con un bastone, a quello cavato un dente con un manico di spada, a un altro finalmente è cavato un occhio con un'asta. Quivi bisogna patire ogni sorte d'incommodità e di percosse.

Non aspettiamo di grazia altre cose, ne migliori, nella Scuola della Pazienza. Non s'ha da pensare qui al riposo, all'ozio e alla quiete, e si come ne i sopraddetti esercizi di scherma, di lotta, di cavalcare e altri, gli stessi maestri percuotono e feriscono i [loro] suoi scolari, così nella Scuola della Pazienza ogni dolore e pena e ogni male viene dal maestro della scuola che è lo stesso Dio. E perciò apparecchiati alla tentazione. Ne solamente vien da Dio la giornata benigna, felice, chiara e buona, ma ancora l'infelice, l'oscura, e mala come chiaramente l'Ecclesiastico: (Perchè siccome Iddio fece questa, fece ancor quell'altra talmente che l'huomo non habbia alcuna giusta causa di lamentarsi di lui). Poichè Dio a bella posta volle mettere appresso a una giornata oscura un'altra bella e chiara, e appresso alle prospere le cose avverse e rintuzzare la forza e l'acrimonia dell'une col mescolamento dell'altre, acciocchè a questo modo si facesse una medicina più salutevole ai costumi e alle infermità degli huomini. Perciò, nel giorno dei beni ricordati dei mali e nel giorno dei mali non ti scordare dei beni. Ricordati della povertà nel tempo dell'Abbondanza e nel giorno delle ricchezze ricordati delle necesità della Povertà. Dalla mattina alla sera si muterà il tempo e tutte queste cose passano presto nel cospetto di Dio. Pensiamo dunque con ogni possibile attenzione che tutte le cose avverse ci vengono da Dio supremo e giustissimo Giudice. Non stiamo dunque a dar la causa delle nostre miserie a chi veramente non n'è cagione. Perchè le miserie nostre e le nostre tribolazioni non vengono nè dall'oriente, nè dall'occidente, nè dalle montagne deserte, perchè Dio è il Giudice: questo humilia e quello esalta. Et ha in mano un calice pieno di vin puro e mescolato. E ne ha dato hor a questo e hora a quell'altro quanto gliene parso. Ma non è ancor vuotata la sua feccia della quale ne berranno poi tutti quanti i peccatori della terra. Mirate bene, Cristiani e scrivetevi nel cuore questi segretissimi documenti: Iddio consola questo e tormenta quello. Il calice di tutte le miserie e afflizzioni stà nelle mani di Dio. Questo calice del Signore è tutto pieno di vin puro ma però è mescolato. Perchè in questo calice non c'è solamente una sorte di vino ma molte sorti. Un buon vino quando si mescola non con acqua ma con qualche vino migliore acquista gran forze. Così la giustiza vendicatrice di Dio abbonda di una varietà e moltitudini di pene come di tanti e diversi vini. Molti huomini patiscono non solamente grandi ma diversi travagli e miserie: a questi si dà a bere vino puro ma mescolato nel modo che ho detto. Ma stiamo pur di buon animo, perchè fin hora ogni cosa è tollerabile e leggera. Perchè di questo Iddio ne dà un poco a questo un poco a quello, hor dà da bere a Giovanni, hora a Pietro, hora a Giacomo. Questo calice d'honore va attorno e passa a tutti e tutti n'han da bere o più o meno come piacque al Signore fin dall'eternità e tutti si canta quella canzone: Aut bibe, aut abi (O tu bevi o tu ten'hai d'andare). E qui è una cosa di grandissima consolazione. Che nessuno (in questo tempo però) è sforzato a bere le feccie di queso calice: (La sua feccia non è ancor vuota). Li più gravi supplizi della giustizia vendicatrice si riservano per il giorno del final Giudizio: allora bibent omne peccatores terrae. Le berranno tutti i peccatori della terra. Tutto quello che patiamo adesso è momentaneo e lieve peso della nostra tribolazione, e ci ha da parere un gioco e una burla rispetto a quelle amarissime feccie che il divin furore darà per sempre a bere senza però mai finirsi, ai tristi e scellerati peccatori. Adesso, o cristiani, beviamoci allegramente questi piccioli calici di queste nostre amarezze, purchè siamo fatti esenti dal bere quelle amare feccie. Nella tazza che molti ci spaventiamo a bere, si porge il vino del Signore, il calice che noi fuggiamo stà nelle mani del Signore, e l'autore di ogni calamità è lo stesso Iddio.

§.4. Iddio è autore di tutti i mali

E per appoggiarci meglio al fondamento della verità sentiamo le obbiezzioni. Si domanda primieramente se Dio è l'autore di tutti i mali e di tutte le pene, è egli forse ancora autore dei peccati? Perciò che questo mio nemico con le bugie e con le ingiurie che m'ha detto, m'ha ridotto con le spalle al muro, s'ha pigliato la mia robba contro ogni ragione, ha detto male di me quanto ha potuto con animo ancora di sommergermi se fossse stato a lui. E' forse Iddio autore di queste cose? Si, fratel mio caro, si ch'egli ne è l'autore. Non già perchè Dio gli habbia comandato che mentisca o che calunni qualcuno. Poichè come dice l'Ecclesiastico: (A nessuno ha comandato Iddio che faccia male e a nessuno ha dato licenza di peccare). Ma dico più, se io dicessi, che quelle ingiurie ch'ei ti fece gli fossero state comandate da Dio, pensi tu ch'io dicessi male? Così dice chiaramente il Santissimo Re David, poichè quando quell'huomo pessimo di Semei gli andava appresso dicendogli delle ingiurie e delle villanie e tirandogli dei sassi, e dicendo al Re alcuni di quelli che l'accompagnavano, che haveria bisognato castigar col ferro quella mala lingua, il Re ordinò pubblicamente a tutti i suoi che lo lasciassero dire tutto quel male ch'ei voleva. Perchè disse, Il Signore gli ha comandato che lo faccia. E chi sarà che habbia tanto ardire di domandargli perchè l'habbia fatto? Adunque Semei qui non fece alcun errore? Anzi peccò gravissimamente. Hor statemi qui di grazia attenti e vedrete ch'io dico il vero. Quando il sapientissimo Re David vide quel furfante di Semei solo e senz'armi e che nondimeno sentiva da lui dirsi così francamente e senza alcun timore tutte quelle ingiurie, subito si pensò che la prima origine di quelle non venisse da Semei, ma da Dio il quale per supplizio e pena sua gli havesse destinato contra la maldicenza di quel mal'huomo. In che modo adunque Iddio gli comandò questo? Statemi attenti e vedete come va la cosa: in ciascun peccato si trovano due cose, la prima è quel moto naturale del corpo e della volontà o d'ambdeue insieme. L'altra è l'istessa trasgressione della legge. Per esempio: un fratello calunnia l'altro; un cittadino ammazza un altro; un soldato dà il fuoco a una casa; un ladro ruba mille scudi. Qui quel moto della lingua, qual colpo mortale, quel gettar del fuoco, quel portar via il denaro, tutti si fanno con l'aiuto di Dio, perchè sono azioni naturali le quali non si possono fare senza l'aiuto di Dio. Et a questa prima cosa s'ha d'haver sempre l'occhio in ogni peccato, come cosa certissima che non si possa fare se non con l'aiuto di Dio. Ma la seconda cosa è la stessa natura del peccato, che è quando si fa quell'azione naturale ma contro la ragione, contro la coscienza e contro la divina legge; e questo è quello che Dio non vuole e non comanda. Nondimeno ordina Dio questa perversa volontà dell'huomo o questo peccato e trasgressione della sua legge in pena d'alcun'altro o per avviso o per emendazione o per maggior suo merito. E così Dio è l'autore quando si fa la cosa, e quando si fa male lo stesso Dio n'è prudentissimo ordinatore. A questo modo Iddio aiutò Semei quando diceva quelle ingiurie e quando tirava quel fango e quei sassi (perchè questi sono azioni e moti casuali). Ma in quanto poi Semei mostrò a quel modo la sua pessima volontà che haveva contro il suo Re, in questo Iddio non vi concorse ne gli diede alcuno aiuto. Ma ordinò bene quella sua malignità ad un ottimo fine, che fu acciocchè con quelle calunnie, ingiurie, e maldicenze fossero castigati i peccati di David e fosse insieme esercitata la sua pazienza e humiltà. E questo si può vedere onninamente in tutti i peccati e in tutte le ingiurie. Iddio sopporta il male della colpa e ordina il male della pena a un ottimo fine, che è per accrescere i meriti e punire i peccati. Quindi è che permette la fame, la guerra, la peste e le inondazioni, gli incendi, i saccheggiamenti, le ingiurie, le ingiustizie e altre infinite scellerataggini grandi, e insieme talmente le dispone e ordina, che mostra con questi mali a tutto il mondo maggiormente la sua bontà, la sua giustizia, la sua gloria e la sua potenza e in questo modo Iddio è Autore di tutti i mali e di tutte le pene. Del che testimonio ne sia la stessa verità. Essendo Iddio un poco sdegnato con gli Hebrei disse: (Manderò loro ogni sorta di male e consumerò in loro tutte le mie saette. Ecco che io manderò loro tanti mali che non ne potranno uscire). Ecco che è vero che Dio è quello che ci carica di mali, e Dio è quello che ci ferisce con le sue saette. Ma noi siamo tanto bambocci che ci sdegniamo coi dardi e con le saette e non teniamo mente a chi le tira. Così fa il Pittore quando non gli riesce una pittura, si sdegna col pennello; così lo Scrittore se la piglia con la penna, il ferraro col martello, e il vasaio dà la colpa alla creta quando il vaso non riesce. Così noialtri ancora accusiamo quelli che dicono male di noi, e gli emuli nostri, come causa dei nostri mali; ma siamo in grande errore, perchè ne il pennello, ne la penna sono gli autori della pittura o di quella scrittura. Molto meglio lo intese Giob quando disse: (La mano del Signore fu quella che mi toccò). Non furono altrimenti le mani dei Caldei, ne quelle dei Sabei o d'altri miei nemici che mi fecero tanto danno, ma la mano del Signore fu la mia rovina.

§.5. Il bene e il male vengono da Dio

E perchè stiamo più a dubitare? Per testimonio dell'Ecclesiastico: (Tanto i beni, quanto i mali, la vita e la morte, la povertà e le ricchezze vengono da Dio). E confermando questo istesso chiaramente Michea dice: (Perchè il male è venuto dal Signore alla Porta di Gerusalemme). E per rendere più cauti quelli che haveva avvisati dice: (Ecco che io sto pensando di mandare qualche male sopra cotesta famiglia). Ne altrimenti dice Amos: (E dove si troverà mai un male che non l'habbia fatto il Signore?). E per intender bene che tutti questi mali di pene e altri innumerevoli modi di punire vengono da Dio, ricordiamoci un poco quante volte Iddio con i suoi più minuti animaletti ha vinto in guerra i suoi nemici, molto più gloriosamente che se con grandissimi eserciti li havesse vinti. Così suol fare Iddio per abbattere l'humana superbia, mandare vermiccioli, sorci, pulci, ghiri e altre bestiole delle più sordide, le quali riducano allo sterminio non solamente la gente bassa ma le mitrie ancora, le corone e le porpore, e che trionfino dei Principi, dei Re e degli Imperatori. E così manda le mosche, le cimici, le vespe, le zanzare, le ranocchie, le mosche canine, le locuste e fattone come tanti squadroni rovina e distrugge paesi e nazioni intiere. La Sapienza grida: (Mandaste le vespe per avanguardia del vostro esercito acciocchè a poco a poco li sterminassero). E nei libri dei Re si dice: (Cominciarono a bollire le ville e i campi e subito nacquero tanti sorci, che non solamente rosero tutti i frutti delle campagne, ma misero in confusione tutta quella città per la gran mortalità che vi era). Genebrardo fa menzione di un certo Re che insieme con la moglie fu mangiato dai sorci, per haver ucciso i nipoti che erano sotto la sua cura. I conigli rovinarono una città di Spagna e le talpe un'altra di Macedonia come riferisce Plinio. Quando Sapore re di Persia, quella peste, crudele ch'era tanto sitibondo del sangue cristiano, assediava la città di Nisibi, S.Giacomo Vescovo di quella pregò Dio che gli mandasse in aiuto non eserciti di soldati, ma sebbene qualche esercito di zanzare e mosche canine. Questi animaletti combatterono contro quel fiero nemico meglio e con più valore che non havrebbero fatto tutti gli eserciti di Serse, perchè ficcandosi nelle orecchie e nel naso dei cavalli e nelle proboscidi degli elefanti, li punsero e stimolarono di maniera che incrudelitesi quelle bestie per le punture, rotti tutti i freni si misero con gran impeto a fuggire. Onde il Re non sapendosi che fare, ne che partito pigliare, se ne tornò a casa senza haver fatto niente. Ne successe altrimenti quando Carlo Re di Sicilia e Filippo Re di Francia pigliarono Gerona citta di Spagna, poichè non perdonando l'empietà dei soldati, ne a chiese, ne a reliquie, ne a sepolcri, stando già per dar l'assalto alla sepoltura di S.Narciso, comparvero in un subito tante mosche e fecero uno smacco così grande dell'esercito nemico che tutti furono forzati a fuggirsene a più potere. Onde poi ne nacque quel proverbio che oggidì ancora si usa dagli Spagnoli: stuzzicar le mosche di S.Narciso. Chi fu quello che diede tanta gran forza a così piccioli e vili animaletti? Iddio è l'autore di tutti i mali e di tutte le calamità. Tutto questo male vien da Dio. Ma mi dirai: se io ho una infermità, la quale sò certo, che mì è venuta dalla intemperanza mia per troppo mangiare e bere in che modo posso attribuire questo male a Dio, sapendo di certo d'esserne stato io la cagione? Questa infermità mi è di grandissima afflizzione, ma me la manda Iddio? Si che te la manda, è chiarissimo. Perchè Dio fin dall'eternità determinò di flagellarti; pigliò per sferza la tua stessa intemperanza la quale pure previde ab aeterno. E così Dio è quello che ti percuote con questa sferza ma tu fosti quello che gli desti la materia per farla. Iddio vuole che tu sia infermo ma per causa o strumento della infermità si serve della tua intemperanza. A questo modo Iddio vuole che un altro sia ingiuriato, piglia per strumento il suo nemico. Lo stesso si dice in tutte le altre cose. Hor tu, o chi altro si sia, che havete per dirci contra? Che importa che tu impari a fare il cuoco o nella tua cucina o in quella d'altri, purchè impari? Che se non incominci a imparare a spese d'altri, perchè ti lamenti se alla fine impari a spese tue? Apparecchiati dunque alla Pazienza. L'autore di tutte le tue afflizzioni e di quante altre ne sono al mondo, è Dio; come è piaciuto al Signore così si è fatto, così si fa, così si farà benissimo. Non haver paura perchè non ti cadrà pure un sol capello del capo che Dio non l'habbia previsto e non habbia così voluto. E che ti mancherà mai se il tuo nemico ti lascerà tutte le membra, quando Iddio tiene minutissimo conto ancor dei tuoi capelli? Piglia pure la medicina che ti manda tuo Padre e sia per mano di chi si voglia, bevi il calice che Dio ti manda e [te lo porga] portilo chi vuole. Tutto quello che havrai da patire l'hai da patire pazientemente per quanto tempo vorrà Dio che tu lo patisca. Questo è il vero profitto che si fa nella Scuola della Pazienza, e questa è la strada che conduce alla vita.

§.6. La croce s'ha da portare

Ma tu ancor resisti e gridi: adunque ho da sopportare che i miei parenti mi diano molestia? Che mi insultino quelli a cui ho fatto tanti benefici? Che mi tratti a questo modo un padrone che ho servito tanti anni e tanto fedelmente? Di questa maniera mi hanno a conculcare persino gli schiavi e i più vili huomini che si trovino? Chi lo potrà mai comportare? O come sei semplice, il mio galantuomo, o come sei goffo? Non sai ancora i primi principi di questa sacra Scuola? Non sai tu che non è vero paziente chi non vuol patire se non quanto gli pare? Una tale eccezzione non si sopporta nella Scuola della Pazienza. Non ti lasciar scappare mai più di bocca queste parole: sopporterò questa cosa ma non da questo o quell'altro condiscepolo. Hai da sopportare quello che ti assegnerà il maestro. Si costuma nelle scuole far alcuni degli scolari, Decurioni, i quali habbiano una certa potestà e imperio con gli altri della loro decuria. Che se per sorte si trova qualche scolaro più degli altri contumace, che non voglia recitare col suo decurione, o a lui dar il latino, subito il maestro con serietà gli dice: e che hai superbetto? Che vuoi alzar cimiera nè? Hor hora ti farò calare l'orgoglio, recita con questo tuo condiscepolo e dà il tuo latino a lui, altrimenti io ti darò un buon castigo. Nella Scuola della Pazienza ritenendo Christo la medesima usanza, vuole che uno sia soggetto all'altro e che uno sia castigato dall'altro, ma però secondo ch'egli giudicherà doversi fare. Quivi noialtri superbuzzi ci sogliamo servire di molte eccezzioni, vogliamo recitare ma non con questo, vogliamo dar il latino ma non a questo, vogliamo essere corretti ma non da quello, vogliamo portare la croce purchè non l'habbia fatta questo furfante, purchè non me la imponga questo furbo. Che cosa è questa? Che vuol dire questa insolenza? Haver tanto ardire e non voler sottomettersi ai condiscepoli? Non sopporta questi costumi il maestro. La Croce s'ha da portare, sia fatta da chi si vuole e si imponga da chi si sia. Un huomo scelleratissimo può esser fabbro di una utilissima Croce. Disse Christo: (A te che importa questo? Attendi pur tu a seguitarmi). Simone Cireneo porta costantemente la Croce fino alla cima del monte Calvario, non stà a replicare, non si richiama, sottomette le spalle e obbedisce a chi non gli poteva in modo alcuno comandare. E chi era Semei? Un furfante sedizioso e un pessimo huomo. E nondimeno volle Iddio che costui imponesse una pesantissima Croce a un potentissimo e santissimo Re. Et attendete che il Re David riconosce questo scellerato per suo condiscepolo, anzi per suo decurione assegnatoli dal Maestro, con questo recita e a questo si sottomette. E che decurioni, pensate voi di grazia, che fossero in questa scuola un Attila, un Tamerlano, un Totila? Tuttavia il maestro ve li pose, con questi bisognava recitare. Tu Attila vientene pur volando dall'ultime parti del mondo e sitibondo di sangue e di preda, ruba, uccidi, incendia e guasta che questa tua crudeltà servirà per strumento a Dio, che è il maestro di questa scuola e non sarà altro che uno svegliare i cristiani dal gran sonno dei vizi e delle delizie nelle quali erano miseramente sepolti e immersi. E voi due Vespasiani che fate? Andate, rovinate pure e date il guasto a tutta la Giudea, mandate alla malora pur tutti i Giudei, pigliate e desolate la Città Santa. A che fine? Voi muovete le armi per ampliare la vostra gloria e il vostro imperio; ma vi ingannate, perchè in realtà voi siete gli esecutori della divina Giustizia contro quella gente empia e ribelle, che non potè digerire la sua felicità se dal caldo di queste vostre crudeltà non era aiutata. Andate dunque o Principi Romani, e voi che in Roma uccidete i cristiani, vendicate hor nella Giudea la morte di Christo senza però sapere quel che vi facciate. L'istesso appunto si osserva ancora con tutti i nemici nostri, che danno fastidio a me e a te (cristiano mio) che con ingiurie e con invidie vanno sempre oltraggiando hor questi hor quelli. Noi altri habbiamo a male e ci lamentiamo che da Dio siano ammessi tali condiscepoli e fatti tali decurioni, che non facciano altro che insidiare alla fama, ai beni e alla vita nostra e mandarci in rovina. Ma o cieli! I nostri pensieri e i giudizi nostri si ingannano di grosso. Poichè che importa che quei cerchino la nostra rovina? I pensieri di Dio sono assai diversi dai loro. Giuseppe Vicerè dell'Egitto lo disse chiaramente alla presenza dei suoi fratelli che se ne stavano con gran timore: (Voi pensaste di farmi un gran male, ma Iddio me lo convertì tutto in bene. Possiamo noi forse resistere alla volontà di Dio?).

Ma mi dirai, perchè si serve Dio dell'opera dei tristi? Perchè non manda egli stesso le tribolazioni, o almeno perchè non le manda per mezzo dei buoni ministri? Che vai cercando huomo curioso? Saprà molto bene Iddio ciò ch'ei fa, benchè noi non lo sappiamo. Vi sarà un padre in una grande famiglia che alle volte castigherà egli stesso di sua mano il suo figliuolo, e alle volte ancora lo farà castigare ad un suo servo o ad un pedante. L'istesso ancora fa il maestro nella Scuola, perchè o egli stesso batte lo scolaro, o lo fa battere da un altro. E perchè Dio non potrà fare lo stesso? Perchè non ci castigherà egli stesso con le sue mani quando gli parrà o pure per mani altrui quando gli parrà altrimente? Qui non vi è ingiuria alcuna. Ma tu mi dirai che quel servo verb.gr. sta in collera con te e vien con animo di farti male. Questo non importa niente. Tu, lasciato costui, habbi l'occhio all'animo di chi lo comanda. Perchè il Padre che ti vuole castigare ti stà presente ne te ne lascierà dare pur una di quel che havrà determinato. A questo modo ancora comanda il magistrato, che si tagli il capo a un reo a cui il carnefice vuol tanto male e l'odia tanto, che vorrebbe più presto d'haverlo a tenagliare che levargli la testa in un sol colpo. Ma perchè bisogna eseguire ciò che il magistrato comanda, gli taglia il capo non senza grandissimo suo gusto. Che danno di grazia ha fatto a questo huomo l'odio del carnefice? Non gliene ha fatto più che se l'avesse ardentemente amato. Gli tagliò il capo come ordinò il magistrato ne gli potrà fare altro danno al mondo. Così appunto, così fanno tutti i nemici nostri. Ancorchè ci vogliano male a morte, non ci potranno mai far più danno di quello che vorrà e permetterà loro Iddio. Avvisandoci in questo luogo S.Agostino chiarissimamente dice: (Non haver paura del tuo nemico (dice questo Santo) perchè tanto fa, quanta è la potestà che ha ricevuto. Ma temi quello che fa quanto vuole e che non fa niente ingiustamente e tutto ciò che fa è giusto. Incrudeliscano pure i peccatori quanto vorranno e quanto sarà loro permesso, che Dio conferma i giusti. E tutto quello che accadrà al giusto lo deve attribuire alla volontà divina e non al potere del nemico. Di che dunque si rallegra il peccatore, che mio padre habbia di lui fatto un flagello? Quello piglia per servirsene, e me per farmi herede. Ne dobbiamo mirare quanto egli permetta ai peccatori, ma quanto riservi ai giusti. Iddio fa molte volte come fa un huomo. Talvolta un huomo irato piglia di terra una bacchetta, e forse sarà qualche vil sarmento, e con quella batte il suo figliuolo, ma poi alla fine getta il sarmento nel fuoco e riserva l'eredità per il figliuolo. Così fa Dio con gli huomini tristi, esercita noi altri e con le loro persecuzioni ci ammaestra. Con la malizia del tristo si flagella il buono, e col servo si corregge il figlio. Perchè si come ai tristi nuoce la bontà dei giusti, così ai buoni giova l'iniquità dei tristi. Che se l'humana volontà ti cominciasse a dire: o se Dio uccidesse e mi levasse dinanzi questo mio nemico, che non mi perseguitasse! O se potesse essere che non patissi tante cose da lui! E persevererai in questo e te ne compiaccerai e nondimeno t'accorgi che non vuol questo Iddio. Sappi che tu non hai il cuore buono. E chi sono quei che hanno il cuore buono e retto? Quei che sono trovati, come fu trovato Giob, il quale disse: il Signore il diede, il Signore il tolse, si è fatto quello ch'è piaciuto a Lui, sia benedetto il suo santo nome. Ecco questo è il cuore buono e retto). Queste cose, che dice S.Agostino, bisognerebbe dirle e replicarle mille volte l'hora e nondimeno a pena si capiranno e intenderanno bene per l'imitazione. Così appunto Iddio castiga uno per mezzo di un altro, il batte e lo flagella e poi getta la bacchetta nel fuoco. Così dovendo castigare gli Hebrei per mezzo del Re di Babilonia disse: (Serviranno tutte queste genti al Re di Babilonia per lo spazio di settantanni e passati che saranno i settantanni farò la visita sopra il Re di Babilonia e come un sarmento lo getterò nel fuoco). Perciò (cristiano mio), tutti quei che ti divorano saranno divorati e quelli che cercano di distruggerti saranno distrutti, e tutti quelli che hor ti rubano, Iddio farà che siano ancor rubati. (Ma se ti risanerà dalle tue ferite e te ne leverà i segni, come fece a Gio b, a cui gli inimici e una estrema povertà diedero altrettanto di quello che prima haveva). Tu frattanto aspetta con longanimità tanto l'aiuto che verrà per te dal cielo, quanto il supplizio che sarà dato ai tuoi nemici se in questa vita non si emenderanno.

Ma io qui ti vò mettere innanzi uno più santo di Giob. Il Salvator del mondo non volle essere crocifisso ne dagli Angeli ne dalla Madre, ma sopportò che la sua croce gli fosse posta in spalla da idolatri e da quelli esser levato in alto. La gente Hebrea scelta fra tutte le altre genti da Dio per sua, obbligatagli per infiniti benefici, amata come unica figliuola, fu quella che in pagamento diede questo legno infame al suo benefattore. Ne esso vi contraddisse. I Romani furono quelli che a quell'albero sanguinoso crocifissero il creatore del mondo ne egli vi fece resistenza. E mentra stava già pendendo in croce ogn'uno il bestiemmiava, ogn'uno l'ingiuriava, anche uno di quei che nel supplizio gli erano compagni, e pur non ributtò le ingiurie. Ma che dico, che non ributtò le ingiurie? Per questi istessi egli fece orazione e per essi domandò a Dio perdono. E la Santa Chiesa fa tanta stima di questo che riverisce ogni anno la memoria della passione del Signore con queste precise parole: (Girate Signore gli occhi della vostra divina clemenza sopra questa vostra famiglia per la quale il nostro Sig. Gesù Christo non dubitò di morire per mano di gente trista e scellerata e da essa patire il crudel tormento della Croce). Havrebbe forse potuto parer cosa sopportabile se la madre o gli angeli havessero messo in croce il più santo e innocente che mai si ritrovasse fra gli huomini, poichè la mdre havrebbe potuto dire: io gli diedi il corpo, e gli angeli, e noi gli cantammo una bella canzone, e gli facemmo una bella musica quando ci nacque in una stalla e non siamo stati ancor pagati. Ma che tentassero e facessero questo idolatri impuri, e si levasse un popolo tanto caro contro il suo Signore e ch'egli patisse ciò dai suoi, è un segnalato esempio per i nemici della vera pazienza. (Che si lasciasse mettere in croce dai suoi nemici). Niuno ardisca chiamarsi membro che non vorrà imitare questo suo capo. A questo proposito dice S.Gregorio: (Per qual cagione si tiene per cosa aspra e dura che un huomo sia flagellato da Dio per i mali, se Dio ha patito tanti gran mali da gli huomini per i buoni?). Tra tanto noi siamo ancora del medesimo parere, e perseveriamo con la nostra testa dura, e ancor ci scappano di bocca quelle sciocche parole: costui m'è un trave negli occhi, m'è tanto fiele nello stomaco, purchè io mi potessi levar dinanzi costui, purchè io mi potessi lavare le scarpe nel suo sangue, o quanto pagherei questa tinta; non c'è verso che io possa pigliar riposo mentre stò con questo stecco negli occhi e mi vedo avanti costui. O che parole empie e degne di essere seppellite di nuovo all'inferno donde sono uscite? Così attribuiamo scioccamente l'inquiteudine dell'animo nostro ai nostri nemici. Errore grandissimo, contro il quale disputando S.Chrisostomo così dice: (In quel modo che se noi havessimo un corpo di diamante, benchè d'ogni intorno ci fossero tirate innumerevoli saette, non resteremmo però offesi ne feriti, perchè le ferite non si fanno da quella mano che tira la saetta, ma si bene da quei corpi che la ricevono). Così ancora qui l'ingiurie e le villanie non si fanno dalla pazzia e dalla furia di huomini sfrenati ma si bene dalla fiacchezza di quelli che le ricevono. Perchè, se sapremo ben filosofare, noi non possiamo essere villanneggiati ne patir altra cosa grave. Vi è stato forse alcuno che ti ha detto qualche villania? Se tu non l'hai sentito, ne te ne sei doluto, non tì ha fatto ingiuria, anzi tu hai dato molto più di quel che hai ricevuto. Che stiamo dunque ad accusare i nostri nemici e i nostri emuli come se essi fossero la causa di tutte le nostre miserie? La colpa sta sempre dalla parte nostra, ogni volta che ci sentiamo offesi, da noi stessi siamo offesi. Onde è verissima quella promessa che ci fa la Chiesa quando dice: (Nessuna avversità ci farà danno se ci troveremo senza peccati). Ma che meraviglia è che l'animo nostro stia così inquieto, havendo così poca pazienza e sapendo così poco tacere? Ne con silenzio possiamo far passaggio dalle cose ingrate, ne con pazienza possiamo soffrire le cose avverse, e per ogni verso siamo intrattabili. E nondimeno diamo sempre tutta la colpa agli avversari nostri. Se questi non vi fossero (diciamo) noi saremmo più santi. O huomini sciocchi e ridicolosi! Se noi non mancassimo a noi stessi, la malizia dei nostri nemici non solo non ci farebbe peggiori ma ci farebbe molto migliori. La tua rovina, huomo da bene, viene da te non dai tuoi nemici, la colpa della tua impazienza l'hai da dare a te e non ai tuoi nemici. E chi ci può far danno se noi saremo buoni emulatori? Già si sa per tutto il mondo quel bel detto di S.Giovanni Chrisostomo: (Nessuno è offeso se non da se stesso). I Decii, gli Aureliani, i Neroni, i Domiziani, i Diocleziani poterono ben uccidere quei valorosissimi campioni dei Vincenzi, Sebastiani, Maurizi, Tiburti, Giorgi, ma non poterono lor far danno alcuno. Li havrebbero offesi quando li havessero potuti privare delle celesti corone. Potè Valeriano arrostire un Lorenzo sopra la graticola, ma non gli potè già togliere ne Christo ne il cielo. Potè il furore e la rabbia Ariana perseguitare per mare e per terra un Attanasio, ma non potè offendere, anzi col perseguitarlo gli accrebbe mirabilmente e la virtù e la fama. Onde dottamente disse Origene: (Sono talmente disposte e ordinate tutte le cose in questo mondo, che non ve n'è pur una che sia oziosa appresso Iddio ancorchè ella sia mala. Iddio non fa la malizia, nondimeno potendola proibire quando da altri si fa, non la proibisce, ma se ne serve insieme con quelli che l'hanno per le cause necessarie). E così Dio senza esser l'autore di alcun peccato è l'autore di tutte le pene, ne da lui siamo altrimenti offesi ma siamo sempre per nostro bene corretti.

§.9. Orefici sono i nostri nemici

Hor consideratemi qui un poco Aman e Mardocheo. Aman fatto insolente per i favori che il Re gli faceva, se ne andava tutto gonfio e baldanzoso; e pareagli di toccar col capo il cielo. Tutti gli altri servi e cortigiani del Re si inginocchiavano e gli facevanno riverenza perchè così haveva comandato loro l'Imperatore: (Et a questo modo Aman, come un gallo nel suo pollaio, era assai potente e voleva che Mardocheo ancora gli facesse riverenza, come gli facevano tutti gli altri. Levati la berretta giudeo, inginocchiati, bacia la mano ad Aman e fagli riverenza). Hebbe grandemente a male Mardocheo che si pretendesse e si ricercasse da lui una cosa che per la sua religione non poteva fare con buona coscienza, o perchè Aman portasse nelle sue vestimenta ricamate le immagini di alcuni di quei falsi Dei, come vogliono alcuni, o perchè questa riverenza havesse non so che del divino, basta che non gli parve di fargli questo ossequio. E perciò parlando Mardocheo humilmente nella sua orazione con Dio gli diceva con ogni sincerità: (Signore, Re onnipotente, poichè havete ogni cosa in vostro possesso e non vi è alcuno che possa resistere alla vostra volontà, ecc.. Voi sapete ogni cosa e sapete che io non ho voluto adorare ne far riverenza ad Aman huomo superbissimo, non per capriccio e qualche boria mia, ne per superbia o per fargli alcuna ingiuria(poichè per la salute di Israele io sarei apparecchiato di baciare dove egli mette i piedi ma ho havuto paura di non dare a un huomo quell'honore che si deve solamente a voi Dio mio).Da questo esempio siamo ammaestrati ad honorare e riverire con ogni sorte d'amorevolezza e qualsivoglia huomo per tristo e scellerato che egli sia, e a comprarcelo con ogni sorte di benevolenza e ossequio e fargli ogni possibile riverenza, non già fintamente e per parere, ma di tutto cuore e di star sempre apparecchiati non solamente ad honorare e riverire questi tali, ma prostrarci ancora e baciar loro i piedi. E s'hanno da correggere quei pensieri e quelle pessime parole: questo mio nemico è un huomo maligno, maldicente, e invidioso, non posso far di non odiarlo perchè è indegno non solo d'esser rimirato ma ne pur pensato, perchè è tristo dentro e fuori e con lui non ci voglio arare ne zappare. Io conosco ben Simone e egli molto bene conosce me. Piano, patron mio, piano, andate adagio. Il maestro nella Scuola della Pazienza ti ha dato questo huomo per decurione e vuol che tu gli stia soggetto. Hor che ragione hai tu di lamentarti? Se tu hai cervello dirai: eccomi che io sono pronto, anche a baciargli i piedi e ciò tanto più prontamente quanto più facilmente può Iddio in un subito mutar le cose e fare che Mardocheo sia decurione d'Aman e con imperio gli dica: Aman vieni quà, recita la lezione, recita Aman. Vedete di grazia e stupite di queste meravigliose mutazioni. Nel più bello, che Aman il primo privato del Re vanta le sue immense ricchezze, la sua copiosa e honorata famiglia, si pregia d'un ben numerosa prole, della benevolenza della fortuna e di tutti i suoi reali favori e poco meno che col dito tocca il cielo, è dal Re condannato a morte. E Mardocheo, che di già haveva il laccio al collo, vestito ad un tratto di reali vestimenti posto a cavallo sopra la regia mula, cinto d'aurea corona il capo, condotto per le più principali e frequentate strade della città, menandosi avanti a guisa di uno staffiere a piedi il superbo Aman, che d'ordine del Re andava gridando ad alta voce: (Di questo honore è degno colui che il re vorrà honorare). Oh Dio? E che subita e mostruosa mutazione è questa? Questo è il costume di Dio. Come dice l'Ecclesiaste: (Poichè è cosa molto facile negli occhi di Dio, honorare subito un poverello).Mardocheo essendo già vicino al patibolo, è innalzato fino al trono reale e Aman già vicino al trono è alzato in un patibolo. Così và Amano mio. La casa che havesti fabbricata al tuo nemico, habitala tu: la forca che havevi drizzata a Mardocheo, pigliatela tu e adornala della tua persona. Con tanta severità suole Iddio castigar coloro che non pensano a portar la croce, ma di volervi mettere i loro nemici, così la sorte subito si cangia, così si leva il coltello dalla gola, così si leva dal collo il laccio, e Mardocheo sopravvive al suo carnefice Aman che ad ogni modo voleva morto. Per tanto amiamo la croce e siaci pure imposta da chi si sia non la rifiutiamo. Poco importa se sia grande o piccolo, se Signore o servo quello che ci travaglia. Importa bene chi gliela comanda o gliela permette. E veramente ch'è dura cosa l'esser travagliato da chi meno l'aspettavi, nondimeno tutti i più santi huomini che vi siano mai stati, hanno patito spesso questa sorte di miseria. Giob e Tobia burlati dalle lor mogli e da i lor parenti villanneggiati e ingiuriati, non dissero mai ad alcun di loro alcuna ingiuria o villania. Il nobilissimo martire S.Ignazio ubbidì a dieci Leopardi, perchè essendo menato da Antiochia a Roma l'havevano in guardia loro dieci soldati, i quali si portavano con lui non come huomini, ma a punto come dieci veri Leopardi, che quanto più bene lor faceva tanto più gli si mostravano crudeli. Ma non per questo si spaventò S.Ignazio, che disse: (Perchè la loro malignità mi serve d'ammaestramento). Così appunto sono i nostri nemici,sono maestri nostri, e benchè non vogliamo ci insegnano di molta sapienza. Ne direi male se io chiamassi Orefici i nostri nemici, perchè ci fabbricano e ci lavorano corone, non già di gemme e oro, caduche e fragili, ma si bene celesti e immortali. La onde noi diciamo bene che la croce s'ha da portare da qualunque ce la imponga. Le quali cose tutte concludo con S.Agostino, il quale dice: (Non ti paia che siano felici coloro che per qualche tempo fioriscono. Tu sei castigato, a quelli si perdona; forse che per te che sei figliuolo castigato e emendato si riserva l'eredità. Svegliati dunque e dì così: il Signore me lo diede, il Signore me lo tolse; ti si è fatto come è piaciuto a lui, sia benedetto il suo santo nome. Quelli che sedevano appresso al piagato Giob erano huomini cattivi, e nondimeno egli, che era l'amato, era flagellato e a loro che havevano ad esser dannati si perdonava. Iddio si riserva ogni cosa per il tempo del Giudizio: i buoni travagliano perchè sono flagellati come figliuoli, ma i cattivi stanno in festa perchè hanno da esser condannati come estranei. Incrudelisce bene il nemico ma non guadagnerà niente con lui).Che cosa dunque è quella che affligge? L'esercitarla non gli farà danno. Gli gioverà con l'incrudelirsi, perchè quelli contro dei quali s'incrudelisce vincendo saranno coronati. Che cosa dunque si vince se non habbiamo cosa alcuna contraria? O pure dove ci aiuta Iddio se noi non combattiamo? Faccia pur dunque il nemico ciò ch'egli vuole, che con lui non farà guadagno alcuno. Perseveriamo adunque con pazienza, perchè quanti più supplizi e pene si patiscono, tanto sarà maggiore il premio e la gloria che si acquista.